大雅

为一种品格注脚

本书获"河北大学诗丛"项目资助

大雅诗丛

雷武铃——主编

雪人的冬天

诗选2016—2022

XUEREN DE
DONGTIAN

王志军——著

广西人民出版社

给　长才

序

雷武铃

　　因为在河北大学工作，我有缘认识一群非常优秀的年轻诗人。在进退起伏的时代浪潮的冲刷之中，和他们共享着某种精神价值，结成了迄今二十多年的诗歌友谊。我目睹时间的魔法将这群躁动欢闹的青春少年变为面容稳重的成熟诗人，深知他们诗歌的深刻卓越和几乎不为人知的状态。他们对发表的淡然可能受过我的影响，因此我觉得对此负有责任，一直想促成一套河北大学相遇诗丛的出版。现在有五部诗集要出版了——被收入著名的"大雅诗丛"国内卷第三辑，我虽然对写序很畏难，但有机会正式推介这些诗人我也很乐意。

　　新诗是一门自带理念与理想，自设要求、难度和目标的艺术（似乎一切艺术皆如此）。它仍符合中国古代诗歌"在心为志，发言为诗。情动于中而形于言"的宗旨和浪漫主义诗人"诗是内心强烈情感的自然流露"的信条，它仍是普遍人性的自然表达。但自觉性和批判性更是现当代诗人写作的必须条件，它们决定着当代诗歌的必要性与有效性，是区分诗人和一般爱好者的界限。这种自觉性和批判性，既针对诗歌本身——它的演变历史，它的语言形态和表现方式，它的美学观念和抱负——也针对诗歌内容所涉及的现实真实性，还包括诗人自身的反省与确认。它们最终构成一个诗人与其诗歌的映象关系：他的存在、他的生活与生命如何进入语言，成为诗歌，从而确认其存在。

这五位诗人的诗都有自带的理念和理想，都有自设的难度和要求。一种并非单一而是多重的综合性要求。和那些偏向单一语言修辞或历史、道德与政治正确（或不正确）态度而成姿态的诗人不同，这些要求更隐蔽、微妙一些，不太容易被一下子辨识出来。他们的难度不仅在于语言特异化修辞的创新，更在于语言和真实之间最紧密的触及方式，在于辨识世界的真实和自我的真实之间的关系并予以最准确的命名：描述和概括，并最终将具体有形的语言融合进一种更高的无形的意义之中。在反复确认诗歌与他们的社会生活、个体存在、他们所在的世界历史之间的关系中，他们实践着自己的人生即诗歌的信条，实践着自己个人的德性。他们的诗没有空洞的高调，他们的批评主要是指向自己，而非外部世界。他们的诗是一种自我修养，与当今社会现实、个体存在的孤独困境相关。他们用自己具体的诗歌写作回答荷尔德林在现代历史开端时提出的老问题：贫乏的时代，诗人何为？他们诗歌内在的严肃性皆源于他们认为诗作为一门语言的艺术，既与语言自身的表达历史以及艺术相关，也与诗人关于自我和世界的精神探索相关。诗歌需要建立语言与现实的关系，确立其必要性。

他们之间持久的诗歌友谊和共同的诗歌精神与态度令人瞩目，同时他们每个人具体的诗歌写作中又有着非常不同的取向。他们的个性、气质有着巨大的差异，这自然体现在他们的诗歌形态与风格上。这正是诗之本义，因此很有必要谈一下他们各自的独特性。

杨震的诗起于南方少年才子的善感与唯美，中途变为魏晋风度和浪漫主义的坦荡与高亢，其语言又有着现代诗歌刻意的浓缩与变形。他的诗始终有着因单纯而来的极致与活力。即使是他描写性的诗歌，细节的观察也有一种直上云霄的劲头，这使他的诗总有一股逼人的英气。在他《响水坝的人》这类写人叙事的诗中，他心灵单纯的质地因为融入一个客观世界的丰富性从而获得某种减速、从容与扩展。

这次全面读他的诗集，最触动我的，是他诗中那种单纯、热烈的声音。这是内心的呼声,雀跃欢呼的诗意。他的诗富有沉思性,一种认识世界的努力,沉浸性思考的天赋,一种澄清混乱的世界和确认自己迷乱的内心最真实存在的内在需求。他的诗有一个焦点与核心,一种自我生命的存在意识,一个吸附和汇聚这个世界和社会的全部现象,由他生命存在的全部意识凝结而成的神秘中心。这自我的生命感受:困惑与觉悟,既是他诗中的痛苦也是其喜悦的根源。他的诗延续着一种古老的意识和主题,古树开新花,将生命意识和情感映射到万物之中。

套用燕京大学"因真理、得自由、以服务"的校训,志军的诗可谓因朴素、得伟大、以垂范。他写的是个人生活和生命根基性的内容,他的诗关注的是生命存在最基本的问题。他写出了个人出生、成长的那个小地方,也就写出了全世界(从他的第一部诗集《世界上的小田庄》开始建造的世界,在这部诗集中得以完成),正如普鲁斯特那部写个人记忆中最琐屑的内心体验的《追忆似水年华》唤醒所有人的生命记忆。他和普鲁斯特一样倾注生命全部的热情与爱,写最细微、最地方、最个人、最微不足道的事,这些微观的个人印象最后构成宏大的世界和心灵的画卷,这些微弱的心灵悸动最后成为世上最真实坚实的存在;相比之下世界每天巨大的喧嚣，似乎只是些历史的浮沫。与这最朴素的事业相匹配的是，他极为专注的心灵品质，他极为耐心的聚焦天赋。他诗歌沉静的魔力就来自这种专注的品质与清晰的聚焦。

志军诗的成功还源于他高超的诗歌技艺。朴素的诗最难写，就在于需要与之相匹配的技艺。志军的诗歌技艺也是最朴素、高超的一种，不是炫技外露，而是节制、隐藏与自我消失的艺术。和陶渊明、福楼拜、契诃夫、毕肖普相似，他深谙艺术之道，其苦心经营的是以最简洁有效的方式将世界、事实和自己直接呈现，去除任何痕迹。他的艺术抱负最朴素而诚恳，谦卑又宏伟，他从最细微处起步，不仅在一首诗中结构，还在整部诗集中结构，在整个写作中结构，最终完成了一个坚实世界的创造。他的思想也是最朴素的，那些未写出的只是在心里承受，这些写出的，都是从他心灵深处的再次诞生，从而获得生命光彩。他的诗既是对个体存在的专注，又有重要的伦理性。他的诗并不是只停留在诗中，也不只停留在诗人中，它们属于一个更广阔的系统，一个道德、伦理和存在意义的系统。作为诗人他写诗也是在完善他自己，修炼他自己。当代大多数诗人都是凌乱的、摇摆的、即兴的，碰到什么是什么，只是任性，没有常性。当代诗人极少有这么惊人的朴素，这么专注、沉静、坚定、踏实。这种朴素似乎每个人都能做到，实际上却极少人能实现，因此志军的诗是一种垂范。

王强的诗有着强烈的现实性与时代感。他写了众多的人。这些老的少的，男的女的，穷苦的病痛的，在各种现实的困境中挣扎的芸芸众生。这些人像在明暗交叠的光影中，面目不清；有的行为怪异，只有生存本能，有的也努力构建自己（《成功学》）。这些盲目的或用力过猛或轻佻的人，他们残忍的真实，让人无法认同，只能在旁观中感觉困惑与惊愕。王强的诗敏感于当代人的生存与心理境况，有一种直视赤裸残忍的现实的意志，以及将其纳入诗歌的创新雄心。

与此相应，王强的诗技艺新奇，写法多变。他的诗有一种一望而知的开阔与自由，含混与幽暗。他的语言（镜头）并不停留、并不清晰聚焦，在运动中不断跳闪，视角灵活多变，也纳入诸多的杂乱与干扰，从而构成开阔丰富的效果。其语言方式和结构的形式也时代感特强，它们就是光怪陆离、闪烁不定的现实图景：这么多的人与事，那么多奇异的即时热点，强烈而含糊地闪过，来不及理解，刺激我们的感官，困惑我们的认识，一如我们每天直面原生混乱的现实。

王强诗的创新之处还在于对确定的抒情主体及其价值态度的淡化。他的诗中几乎没有诗人，只是一种可怕的戏剧力量在淡漠地运行。其中有多变的人称，众多的角色，各种场景与状态。有各种外部描写、内心感叹和旁观议论融汇一起，各种抽离旁观和自我扮演，入戏又出戏，疏离又愤怒。但没有一个确定意义的中心主体。繁复漂亮的语言镜头之下，通常是荒凉、空无，是悲惨的无意义。这是艾略特以来的时代精神之继续，王强赋予其本土的生机。

巨文的诗中隐含着一种动荡的痛苦，因含情太深或用情太苦而透出的沉痛。与此同时，他的诗因其风格的朴实、节制、坚定、视野开阔而充满力量。他那些关于家乡农村人事的诗带着浓厚的尘土气，那些关于在城市谋生的青年的日常生活和个人情感的诗有着无尽的沉陷和挣扎，但也有一种力量从尘土中、从绝望中升起，有一缕阳光恩典般从上空照射进来；再加上他的诗歌在细节上客观准确，结构上严谨坚实，语言上节奏刚劲有力，音调稳重宽广，这一切赋予了他的诗一种当代诗歌罕见的古典悲剧般的庄重与崇高。

与此同时，熟悉巨文的人也能从他那经常爆发的语言的即兴才能中听出他天性中粗野的喜剧性欢乐。他的才华中最让人惊叹是，他的语言有一种爆发力，很有冲击性，节制又利落。这赋予了他很多短诗一种特别的魅力。这在很早时的《啄木鸟来访》《自然法则（二）》，还有新近的《Human Resources》，都有体现，尤其是最后这首，冷静的语言之下有如爆炸的事实力量，那种平静的断言力量，让人惊心动魄。

国辰的诗有一种巨大的伤感。它轻盈地弥散在他的诗句中，这是古典诗词中弥漫的人生惆怅的当代版。这是个人心灵在打量着世界，却总看到映现其上的自我存在，那柔软，孤单、幽深，优美、忧伤的心灵。现代人已经很难写好这种伤感，那种哀而不伤的古典优雅，它干净又饱满，在尘世之中又有出世的浩渺。它需要有一种深觉痛苦之命运又能完全无视，以及超然远举的风度。它最需要的是一种特别的语言，古典又现代，准确又出人意料，能完全牵引出内在心意。国辰非常罕见地拥有这样的一种语言。

国辰的语言非常美妙，能承载着他曲折幽深的情感重量而轻盈滑行、飘飞。我给很多届学生读过国辰的《保定》，这是一种可以清晰地感觉却又无法把握的优美和伤感。这种美妙贯穿他的全部诗歌，包括他沉思深刻的《根器》和规模宏大的《四季歌》，也都如此。这是诗歌的最高境界之一种，也是动荡时代的敏感心灵之一种。

以上是我对五位诗人独特性的简单理解。贝多芬在《D大调庄严弥撒曲》手稿中题词："出自心灵，但愿它能抵达心灵。"我相信随着这些诗集的出版，这些诗将抵达那些我不知在何处的热情心灵。

最后也是最重要的，我要特别感谢河北大学文学院和广西人民出版社，它们的慧眼支持促成了这些诗集的出版。

2024年3月

目录

选自《另一侧是阴影》（2018）

57

选自《世界的创立》(2022)

187

选自《白色的诞生》（2017）

燕子来

回来啦！每年春天
在当院儿大声宣布她的发现。
从半空斜扎下来
减速折上屋檐，为旧巢覆上新泥——

半捧大，泥巴草梗窝，安宁稳固之家。
它们进进出出，涂白瓦灰窗台。
傍黑聚在晾衣杆啼叫，
顾自耍弄乌亮的剪刀。

每家的都长一个样。
但还会在河边争论那是自家的
正是去年那对儿。
被它们眷顾是种幸运——

人常说，燕子
只选那些善良的住户，
因此对檐下空空报以同情。

确实带来生机：翅膀掠过

风变暖，土变松软；

断头河漫过土坝，村子开满槐花。

而后是漫长、丰沛的夏天。

他整季在东北卖鸡仔儿。

她带我们守在家里。

小燕很快出世，长出黑白羽毛。

那些夜晚，道道闪电空隙，

雷声滚滚，水珠从窝边向院子汇集。

2016

桥

如舰首劈开流水
洋灰剥落的石桥墩，顽童的攀爬墙。
暴雨后我们坐在外凸的斜顶
看木棍支住的金属网上

小鱼被急流死死摁住
像一枚枚闪光的分币。
脚尖小心地伸入咆哮之水
亢奋于那强力撞击。

平日只是几道细流。
漫过土埂，穿过那几孔
下沉的阴影
汇入桥东繁密水草丛。

半隔绝的隐秘所在。
苔藓，麦穗鱼，短促的回声。
拱壁泼溅的山峰迅速隐没

大车轰隆着压过头顶。

长时间浸于那冰凉。
无色，洁净，自脚踝分开，
水面之下时间凝止
之上长成今日。

2017

木　凳

——给孟欢

小圆孔上蛇信子一般分叉的
乌亮铁绊儿，一抻，
墨线盒，那只聪明的墨斗鱼
吐出饱蘸墨汁的棉线。
紧绷着拉长
另一端线轴旋转。

他单眼校准
指尖轻轻一勾，弹回去——
印出笔直的黑道儿。
横一道竖一道。配合三角尺，
复杂的几何图
把整块松木板切分。

之后铅笔头夹耳朵上，
单脚踩住，沿黑线
运锯如风。一根根崭新的木条。

刨子登场，推出光滑的

原木纹理，而铆子

在涂红点处挖出方孔。

从上午到下午，阳光

旋转着木工台金色刨花上的阴影。

松香味盖过

墨汁那股说不出的臭味。

直到他早答应的

那把全镇最好的凳子成形——

榫卯结构，

四条凳腿揳入凳面

被紧紧咬住。刹那间

它好像被吹入一股灵气

翻个身就能

牛犊一样满院子奔跑。

2017

鬼灯笼

每年它在野沟
差不多总那几处。
齿叶贴伏地面
像的确良军装洗掉色那种绿
又蒙了层土。
管状叶梗颜色更浅，
娇韧，长满细细绒毛，
把紫花举半尺来高。
那肉乎乎、同样多绒的花瓣
阳光中微拢
半包住魅惑的黄眼睛。

若从坡上跳下，落它旁边
会像碰见蛇赶紧躲开。
朝它吐唾沫，扔土坷垃，
再互相吓唬着跑开
留下那不合时宜的小野花
兀自摇摆。

然后半夜，在头脑里

它亮起来。

在村外被什么提着走动——

那是在找我们脚印。

2017

保持平衡

每车四箱，码整齐，

用绳子勒好。

然后扎稳马步，挺身拽起扶手。

负重因车轮滚动变轻。

她走在前面。

和平时推鸟粪可不一样。

这是鹌鹑蛋，一车就值三百元。

重量也明显超出

我的控制。

我只好用全身力气绷住，

照她那样：猛冲上小斜坡

再拉住，小步慢下。

拐急弯要保持平衡。

轮子做支点，不能靠胳膊

而是人往一边慢慢挪。

至于占伟家东边那条路面斜倾的小道，

她只是说，慢慢走稳。

可真像踩钢丝，

要是假装什么都没推——

身体微微前倾，双脚小心地

迈动，胳膊上下扭摆——

我会保持那滑稽样直到

收蛋的卡车边。

过称，领钱。再把那独轮车

推回来，轻得像空气。

2016

碾　子

五队三岔路口，老榆树下
沉重的滚子咕隆隆
在大石碾盘上
跟每户人家单独对话。

孩子们推着木杠
希望它快一点。快呀，快。
母亲把碾过的谷粒扫到中间
和孩子绕着圈互相追赶。
她希望它慢一点。
那逆时针旋转的力量
能回到过去就好了。

而碾子说，这速度刚好。
可让孩子感受阻力，学会耐心，
大人则在重压迫近中
温习从容。
家人一起，让劳动

与目标合二为一。

关键是正确节奏。
不是靠蛮劲，而是让它
自动滚起来。
一圈圈似被魔力驱动，玉米粒
研成粉末，铺成金色圆环——
那自转的石头
在离地一米高公转。

2016

在村外

数声低噱。绿莹莹的眼睛
在坟圈子引火虫①般忽闪。
你和父亲紧攥着锹把
快步走在回村路上。

绝不能回头，哪怕搭上肩膀。
水靴子呱唧吱响，脚掌
在胶皮底滑陷。
它们趋近，村头狗哮叫。

终于过南沙坑，葵花弥漫芳香
新月照见低矮白墙。
田野如失地丢在身后
狼群跑过处露水滋长。

许多年后又在那，
同一趟树荫，同样漆黑，你找到我。

———————————
① 方言，指萤火虫。

我骗你说去了近得多的地方

买来的小人书是借的。

然后坐上后座。车轱辘

蹭着挡泥板，响过整个村子。

你一直没发脾气。到今天我才明白

那是两种不同的恐惧。

2016

安山集

每逢农历四九，四乡八里
沿条条柏油路、土马路、河沟、田间小道儿，
还有铁道边咯棱咯棱的石子路，
步行、骑车、赶牛车骡子车
向那里汇集。
一个个喜气洋洋，满怀期望。
所有人的节日。嵌在其他日子间
构成整个镇子共同的呼吸，
这天下雨会被咒骂。

我家离那儿三五里，抄近走河边
过石板桥，钻高粱地，再从沙子营大桥
横穿四根铁轨。
那两个日本炮楼
一个完好另一个挂个大窟窿，
据说八路军在山上架了大炮。
门很小里面阴黑，正好被过路的当茅厕。
离那不远，万元户俩儿子

开村里头一辆二手桑塔纳

颠丢两个车轱辘。

再往前斜穿野地、牲口市，

沿205走一截就到南门。

高大的门楼，顶仨大字：安山集。

对孩子是心愿之乡的魔法门，

对女人迈进去就等于迈出了生活的藩篱。

神奇市集，快乐市集。

熙熙攘攘人们拥满主路，

两边熟食店、肉市、小吃摊、剃头铺，

在磁带摊最高音量港台歌曲中

伸延开去。

直接往北是规模最大的服装区。

全镇时尚集散地。

一溜溜水泥台子，被摊贩布置一新，

高大杨树间拉上布墙挂满衣服。

越高处越贵，需挑下来看。

人们一趟趟绕圈，盯着它们，

比较，讨价，当众试穿裤子连衣裙。

买的永远没卖的精，

不知给的早进了陷阱。

可贩子还是痛心疾首样

不惜赌咒发誓，

最后自然皆大欢喜。

它西边是鞋区，挨着西门。

布鞋，胶鞋，旅游鞋，警勾和军勾。

不是皮的你给我拿回来

保穿三年！牛筋底！

边说边使劲掰弯，再梆梆朝柜台摔三下！

每家货都差不多，就看跟谁谈得拢。

还有两个台子卖发卡发带、丝巾丝袜。

一台打耳朵眼小车

常年诱惑刚毕业的姑娘和新媳妇。

服装东边是水果蔬菜摊。

摆上矮台子的是一筐筐外地水果。

剥开待尝的柑橘，成扇的香蕉，

金色的哈密瓜菠萝一派异域风情

一般不敢问津。

摊主也真有点高冷，爱搭不理。

而苹果、桃、沙果、李子、梨，

本地物产直接码地上

垫高粱叶、旧报纸，

挑一块二斤不挑三斤，趁你不备

放几个次品。

直接在车斗卖，各地西瓜

靠花纹分辨，称完一律三角口验货。

蔬菜对应节令，豆角茄子西红柿

不光便宜卖的人也明显朴实

来呀没更好的了！拽着扁笼子不让走。

秤高高的，最后干脆一堆儿五毛。

再往东是豆饼花生渣，农具种子，冷冷清清。

顺路就出东北门了，

墙外是百货大楼和几家时髦理发馆，

还有本镇最高的九龙山

杵在采石场隆隆炮声中。

半山小亭子无数次看过这画卷：

蚁群般的人进进出出，摩肩接踵，

或提或扛，忙着搬运。

如不出那门而是往南，可绕回鱼肉市。

鲤鱼白鲢在大水桶使劲拨拉

海鱼摆满柜台，

长条带鱼，扇状平鱼，棍状梭鱼，

青虾、银贝、墨斗、耗子尾巴的魔鬼鱼

看着吓人，牙齿锋利的小鲨鱼

切成一段段。

还有许多巨大怪异的家伙——

那是乡村珍奇馆。但好看不顶用

我们常年只买一种燕鱼。

在割肉那总能看到老高，辍学后

跟他爸一块杀猪。

妈说叫得挺亲，价钱不比别家便宜。

卖贺卡那看到安淑霞

她总那么喜兴。

还有一个二班同学在买衣服

一位老师在挑猪头

提溜着猪耳朵里外看

仔细如做实验那般。

然而始终没看到你。

游走在那些摊位间香水的味道，

斑斓色彩中的红发卡，

白衬衣上同款绣花。

你的身影，并不是你。

在那万千人中，喧闹鼎沸的浪花

一波又一波冲击下——

细微的痛苦正在生成。

整个暑假它会在体内奔窜。

正午一到集散人空——

个个兴高采烈满载而归，

一切都被带走了，如同一夜间出现。

2016

池塘的知识*

1

中间冰很厚，发白，而岸边

贴着倾斜沙底，薄而透明。

单脚压下，一颤一颤，

翘起的冰沿下水噗噗滋出来。

我们守着不动

等小鱼游过来用力一踩，

就挤在那儿。

掀开裂冰，捉住。

冷天鱼最好养，放罐头瓶

到春天都不死。

而大多时候只是快活地

看它们动弹不得，

像图画上静物，展示鱼鳃、鱼鳍。

冬日的太阳，

微缩在柳叶肚皮上

———————————

* 本诗为节选。

透过冰镜闪烁银光。

2

覆满整个池塘。金莲子

娇艳的黄花

在绿色小浮盘里

点点露珠映照中绽放。

我们称作小荷花。曾一日日

摆脱它茎叶取回钓瓶。

三十年后才了解它学名，并第一次

细细观察：五片带绒毛的小圆花瓣上

是更小尖瓣的五角星

顶着细细花蕊。

上午开花，下午发蔫

但到傍晚仍然夺目——

在村东北头，一切沉入昏黑时

星空亮起辉映那些残烛。

蚊子蜻蜓正钻出，

平伸的花苞抬起头，向上挺立。

3

猛然窜出，自水草丛

急游向对岸。

红脖子绿。它的大胆似在

炫耀令人恐怖的艳丽。

其他人惊叫，两边避开，而小勇

点着水窜过去，揪住尾巴

使劲儿抡圈，甩到十几米外。

尾尖断了。完全脱节、散架，

在温热水中如一根折断的高粱秆。

两天后再见，已经褪色，

其神秘也已丧失，不再像一条蛇

而像它不真实的倒影。

挑到岸上，阵阵腥腐。

苍蝇和蚂蚁汇集。

生动的一课：关于勇敢与暴力，

死亡与空虚。

8

从头颈到翅背：橄榄绿、幽蓝、靛青。

肚腹棕橙色。栖落在

一年生独枝小柳树

在水岸人踪稀少那端。

尖嘴直而长，眼神锐利，

绚丽孤僻。

我只远远看到过

心灵立即为那色彩所摄取——

如它迅猛刺入水中衔起的小鱼

随其振翅而去。

然后睡前不断想象：

找到水边的洞口，在半夜

用大布袋罩住。

现实中，还未接近已上半空。

黄昏的阴影湮没低处的我们

金色光芒随它在高处流动。

9

第一株，我和志广从北沟带来
随手扔在西南角。
第二年长出一片。第三年
几乎占了水面三分之一。
从此池塘由平面转立体：
蒲叶茂密，雀鸟小鱼栖息其中，
野鸭进去孵蛋。
秋天蒲棒用来击剑，打烂后
絮状种子落满水面，
像微缩舰队扬起征帆。
后来每年有人割
晒干卖钱。冬天冷寒的泥中
根系仍在蔓延。有如那隐秘的情感
等待在春天萌芽，
长成浓烈之爱。肆意摇摆
在风中，在水中，在光中。

10

池塘小精灵。

半透明的青色、白色，片状泳足

纤细小腿，羽鳃翕动着

嬉游在水蕴草和虾藻间。

双手悄悄伸过去，

它会面对你弹开。

扇尾展合，挥动双钳

鼓出气恼的小眼球。

暴脾气，常互相斗架，激烈时

甚至弹出水面

溅起极小水花。

它们只生于最洁净的水中

是池塘最先消失之物。几年之后

它的宫殿消失。我们的世界

彻底缺失了一个层次

愈显单调贫乏了。

2016

准点收工

牛车慢腾腾，又把水运来。
裹布条的木堵头一拔，一股水流
冲进洋铁桶。
接满，然后提起它

半弯腰，沿垄沟小步疾走
桶底一抬一落，点入碗大土窝。
紧跟着的，食指和中指插入
那咕噜噜的喉咙一抹——

青红色、脆嫩的秧苗立住。
而我们排最后，用土埋坎。
双手捂实，碾碎土块
把垄背摩挲干净。

两三家合干的活。
忙一拨，轮流到地头对壶嘴喝水
蹲那儿休息。共同起身

迅速找到分工中的位置。

直到整块地从越冬的凌乱中蜕变
一条条齐整光滑的田垄
缀满绿色灯芯，
被傍晚橙色的光点亮。

剩下的水全部放光。准点收工。
纤弱的烛影，觉察到新鲜的昏暗
正在降临，准备着
在第一夜的混沌中扎下根去。

2016

拉　磨

在院心，黑木杆撑起电灯的光伞。
加工机轰鸣。一锹锹
薯块填进方形漏斗
瞬间粉碎，和注入的水混成浆子

沿斜槽流进兜塑料布的砖池。
在机器和薯堆小山间
他们双腿微曲，把洋锹拱进堆底
撬起来，扬臂，不断缩小它。

乱中有序。底座震颤
皮带抖动着飞转。堆顶向下滚落——
这些地下的果实
闪着水光，于休歇的片刻。

每当这时都是我站上房顶
握住胶管让白色水柱
跃入不餍足的浑圆铁桶。

黑暗中水声漾起凉意。补满后再次

合上电闸。单调的马达响彻全村
把全家吸引进去。
直到晾台空空
浆池离溢出只差一指。

之后乏累的人沉沉睡去。漆黑之夜
那浑黄中，白浆沉淀、凝结，
在一日日薄层上累积。
第二天水放空后泛出瓷光。

2016

白色的诞生

在大缸上被细纱布兜吊
沥尽最后一滴水。
瓷实的粉坨子，上百斤重
除了爹没人能扛到房顶。

在那儿先用菜刀分成小块
再掰碎，均匀铺满。
防止一切杂质混入
每天拣出树叶和砂砾
用木扬掀翻晾。
下雨天，匆匆上去苫塑料布
压上栓绳的砖头。
跳回墙上，急促的雨
噼啪乱响。

雨后掀开。
彩虹架在地里就像是它
一生七种颜色被集齐。

如此，每天都碎裂成更小颗粒

灰色一点点蒸发。

几天之后，在洋灰房顶耀眼光照中

我看到——

纯粹，轻盈，自对立物中显形。

当我们被痛苦和绝望纠缠于暗影

想一想——

那白色的诞生。

2016

沙子营大桥

从九龙山站出来，一声长鸣
拐弯处露头。我们开始飞跑
刚好跳下桥头转身
它裹挟着蜜蜂呼啸而过。

一次次赢得和它的赛跑
把它当兔子嘲笑。
而它则呼哧着喷出蒸汽
轰隆隆向石门镇驶去。

有时打赌故意留上面。
冒着白烟的黑色机头直冲过来
整个桥身猛烈颤动。
紧紧抱着护栏，瞥见它

连杆猛捣，驱动铁轮疯转
擦身吞下乌亮的钢轨——
那狭窄空隙，近在咫尺的撞击。

失语之心，令人痴迷之恐惧。

像种默契，交错时会突然鸣笛。
巨大声浪把人推向栏外——
桥下深处，贾河冲出桥墩
泛着水涡在藻床上奔流不息。

2016

死人排

每年那一天，扎好
扔在北坑。在水边漂着
孩子们见了远远避开。
人多时也会充大胆，上去踩两脚。
麻绳捆扎的新高粱秆
大小如一副担架。

正好躺下一个冤鬼
让它不再无处可去。
让它渡过这条浅浅的河吧
别再回来
把亲戚们都忘了吧。

季节轮转，雨和雪落下，
亮晃晃的排子被浸灰
随野草朽烂。
让枉死的罪被宽恕吧

让怨念和悔恨也得和解。

2016

感伤的正义

1

斜跨、猫腰，胳膊前探
左臂反拢一搂麦秆，
双手攥紧，胯部后移
带动全身发力，薅下来。

地上摔两下，再抬左脚
磕三下，抖掉根土——
一气呵成。五步一堆儿
等着打捆。我落在最后。

互相较劲，他们越拔越快，
喊先到地头喝凉水镇格瓦斯。
我一直憋着，终于发作：
老妗子丢那么多麦穗！

他们一阵哄笑。妈说累了就歇会儿。

我不累！看着他们
贪快丢下更多，
我大叫要她管管。

她则还以怒颜，不想干就回家！
我气哭了，边走边抹眼泪。
为啥不拔干净？
这是我家粮食，这是浪费！

可没走多远就忘了这些，
甚至感到一丝轻松。
那淡淡愉悦如六月轻风
转瞬吹散了对错之重。

2

就在自家院里，黄瓜畦，
他们逮住了它，
拿斧子剁下后腿
点火开烤。

"特别香，比鸡腿还好吃。"

可它是益虫啊！它吃毛虫
吃蚊子，保护你家菜园子的……
这哥儿俩吃吃笑起来。
我感觉受了冒犯。
忘了是我去找他们玩的，
气呼呼，扭头回了家。

3

菜园里一畦花，像疯牛踏过——
大雨先松了根，疾风把它们撩倒。
种太密了，正值花期
节骨高、日本菊趴进泥里。

我难过至极。扶起它们，
可像被割了脚，
怎么也立不起。
一棵棵还带着水珠，像点点泪滴——

不是它们的，是我的。

我无端跟妈发起脾气。

她先好言相劝，后来发了火：

那是没用的东西！

旁边黄瓜秧叶舒蔓卷

幸灾乐祸模样，

我顶嘴道，真想把它们薅个精光。

于是，她又赏我一巴掌。

我一气跑上当街，直到村边高粱地。

像迷路的牛犊乱转

有路却不能回去。

天空渐渐晴如玻璃

青蛙喧叫，蜻蜓欢舞不知疲劳。

支棱的长叶被一片片撕烂

只剩白色硬莛——如同那破裂的一天

再不复原来形状。

4

吃饭时默不作声
只夹菜，不夹鸡肉。
问他他说不想吃。
再问，还是不想吃。
这让大伙儿有点儿诧异
不是最爱吃肉吗？

难道因为杀了自家的鸡？
快吃完奶奶才反应过来
说他饭前专门跑鸡窝去看
少了两只。而他再也忍不住
趴床上哭。

我想起有次蒸螃蟹
他刚好看到它们在屉上活蹦乱跳
做好了怎么也不吃。
但要留两只
因为我知道最后总会劝好他。

小时候我就这样。

狗肉，青蛙，蛇。

不许，不许。

不吃，不吃。

我气愤他们吃那么开心

眼馋却没法儿让自己妥协。

那委屈，是倔强的死结——

为他们竟如此心安理得，

也为那被违背的

不容置疑的真理。

2016

蛇

1

长满野草的土沟里
抓蚂蚱。大老蝙儿，
我一扑，它一蹦
抓不着，也蹦不远。
我紧盯不放，连续扑捉
扑上一条蛇。

惊叫，扭头就跑，
一直到大桥北
碰见海军爹。
他带我回去找它。
跑了，一条大黄蛇，
不然难逃一死。

2

追了半个村子
一只漂亮的蓝翎雀。
直到老五家菜园子
仰头寻它，一手拿弹弓
另一只去撑矮墙。
这时瞥到一团亮光。
低头一看，就快摁上了——

大蛇蜷在石头上
昂着头，死死盯着我。
又是扭身就跑
直到家门才停下喘气。
真后怕，同桌打了一条小蛇
就傻了一年。
而它盘着比草墩子还大
那么凶，我只看了它一眼
就被那迷蒙目光击中
魂飞魄散。

3

又一次，在一冷清风景区
人迹罕至山路上。
坚持深入，一探幽境。
东拍拍野花，西摘摘野果
心情大好。

一棵大榆树下
我用树棍儿去抠一团小红蘑菇
（幸亏没用手指）
它打土缝露出灰三角头。

缩在那，被捅了几下
一直没出来。我们继续向前
没多远掉头回返。
看似平静的风景中似乎
潜藏着危险，至于是什么
我们也说不清。

4

如今这三条蛇，化身三种空虚
在生命如影随形。
一条是紧紧缠着我的厌倦。
我触碰到它，却不再害怕
似乎它只是无毒的反讽。

一条是死亡。
它正把我端详，而我却像看不见
对其迫近全无觉察。

还有一条半遮半掩，盘踞在
潜意识的暗穴
吐着蛇信子幻念
让我常常无由地忧惧。
半夜醒来它会现身
斑斓、玄秘，在眼前游移。
看不清全貌，当我退回现实
它也缩进黑暗。

哦，可怕的魔障——
唯有爱才能稍稍抵住它
让人疯狂的力量。

2016

我的方言

卷舌音，儿化韵，尾调拉长

像自带回声。

外乡人评论更直接：听，在唱戏。

确实很戏剧：

拿腔作调，慢条斯理，

有的字拖成俩有的被吞掉，

每个音都拐弯

一句话一道波浪线。

乡亲们，就在当街地头

用这半夸张半郑重的抑扬顿挫

拉家常、打招呼。

直到暴露于外部世界

才头一次感到它滑稽一面：

大学第一课，介绍自己

一开口哄笑一片。

然后学习普通话，用二十年

卸载这门小地方语言。

河莫，吗苓，家巧儿，铃的木
随它们发音远离。
支儿个，早歇且来，晌或，黑介
隐匿于时间之外。
还有转调自带的亲切，
咬字近乎笑的口型，
表惊讶的方式，
高兴时逼真的拟声，
否定的去声，强调的重音，
骂人意犹未尽的拖腔
以及那些我们才懂的名称：
村子不同角落，牲口各个器官，
农具、植物的不同叫法，
发现某物灵机一动的命名，
由此而来，争论中可笑的混乱。

如此，通过忘却走出语言藩篱
像从小岛来到大陆
过一种完全不同的生活。
抛下土气的讲究
羞于"老呔"的身份。

当我们失去已足够多

到了能用一种更复杂的视力

回望它时，才最终明白

回乡时那些冷不防蹦出来的词

不是散落的逝去之物。

它们构成了一个独有的世界——

在我们这世界之中

暗藏的一重复调。

又如钙一般存于体内

长成我们声带、耳膜、颚骨。

2017

成年礼

脖颈子斜抵在当街树上

好像在那蹭痒痒。

近一看连挣带拱动弹不得

两眼通红，吭哧吐沫。

这时爹过来，用胳膊扳住两只犄角

扯着鼻孔拽起牛鼻子

抠摸里边那处薄层——

第一次弄，难免毛手毛脚——

开水烫过的粗铁丝

就从右插入，左穿出。

接着两头折弯，搭十，

拧成螺旋花。

倒梨形，粘着血凝的红点。

他退身打量了一番

量好缰绳，和这崭新的饰物连接

交到我手中。

一松绑，它猛晃几下脑袋

带动浑身乱颤，在那儿疑惑地看着他

又扭头看我。

还没反应过来就被

一种陌生的疼痛牵引。

然后那壮如小山的身躯

温驯地跟进镀锌大门。

2017

爱的游戏

光滑的小树枝，在肚皮开刀。

不为疾病

而为缝好并照顾她。

泥碗，筷子（手术刀折成两截）。

几枚装着杏核、树叶的碎碟片

一顿午餐。

我吃完了，先吃完的不管

后吃完的洗碗。

但你不能走，我还没有吃药。

现在可以下地了。可还疼。

那就去干活，你妈老说

干活就忘了疼。

那再把菜烫一烫吧。

很快用菜勺——另一根树枝

翻炒起来。再次开饭。

在那隐蔽的树荫下。
简陋但庄重的家庭生活。
学习爱，以病痛和治愈。

2017

选自《另一侧是阴影》(2018)*

在峡谷

滋，滋啦，滋滋啦。
电流从艇尾那排电瓶
沿抄网杆上的漆包线
传导至钢罩圈
在水中爆裂。
一共两支，被两个穿水裤的人
划桨一样扬起，落下
来回搅动，似探测器
在碧波中搜寻。

而另一人用长篙
把皮划子撑在峭壁下那段
湍流回旋的小河湾。
一会儿顺水而漂
一会儿逆波而上，这几个偷渔的
在岸上同伴与野营者的注视下
重复着看似滑稽的动作
源源不断

把那恐怖又残忍的力量

向河里输送。

然后一尺长的青鲤

在眩晕中，被猛地拽出

裹身的漩涡激流

来到幽静凉爽的峡谷半空。

奇异的、刺眼的太阳。

倾倒下来的悬崖——在其

崩塌之前，

跌入蛇皮袋口

那道可怕的黑暗裂缝。

2017

浅水湾午后

蓝胶皮泳衣，海水灼亮的红皮肤。

紧绷的身体平躺在

白浪舔舐的沙滩上，双手拽着

野马般暴躁的滑翔伞——

可他不像骑手，而像只海豹

笨拙地扭拍。冲浪板

在脚底蠢蠢欲动，直到一股强风

把他竖起来，向大海飞驰。

受惊的海鸟，潜射小导弹一般

飞向赤土山大桥。它们看见

那伞在当空来回挣扯

看似被驯服了其实执意要逃出海湾。

划破浪峰的猛烈颠簸

墨绿镜面起伏的眩晕。

他整个被拉成一张反弓——

天空和大海在他身上角力

他成了力量所汇集。

直到一方突然松了手

他倒在海面，被吞没。

波浪，波浪，波浪。从凌乱的云山

连绵不断涌来。

他露头，泅返。阳光直射水底沙窝

暖流从腿间摩擦挤过。

高高耸立的海崖，像鱼一样仅有

七秒记忆——它感到

某种躁动，在这春光明媚的日子

又很快复归沉寂。

2015

春 天

整个春天，我看着天上
大风刮走雾霾，像魔术师撩开幕布
抖出云朵、星星和鸟群。
转眼雾霾又从高楼间生出来，
走着走着就到了火星
灰烟弥漫如同幻梦。

整个春天，我看着锐利叶芽
戳破树皮铠甲。站在同一个公交站
看对面树冠一层层涂绿
各色花朵被细细晕染。爬山虎
泛滥的水位，在同一个转角
同一栋红楼不断攀升。

整个春天，拖着胳膊的隐痛
在同一条线路往返。
每天那行人的潮水啊，
一间间熟悉店铺、一张张陌生的脸。

大公交踟蹰中癫痫

小月河两岸开满二月兰。

整个春天，早晨越来越亮。

同一时间走上天桥，同一个姑娘

总会迎面而来。

她戴着耳机，踮着脚，

像在波浪上行走。

拐下天桥，同一个拾荒者在掏

同一个垃圾桶。我总觉得

他是乔装的神仙，

我想什么，他全知晓。

2015

另一侧是阴影

人怎么来的？进化论那么多漏洞。
因果关系。轮回，报应。
水烧一百度会沸，空气并非空无一物——
从前人可不知道这些，
就像现在不知灵魂存在。
不仅灵魂，一切都是能量守恒……

这当然并不值得反驳。显而易见是某本
拙劣的诡辩手册在传道。
只因是你这样说，这样坚定，
我才认真感到困惑。
一颗美好、单纯的心灵，怎会这么轻易
就陷进混沌的宿命论？

我不能断然否定，这种正确过于傲慢。
在附小门口我看见三个小女孩
腿搭一起，转着圈唱"马兰花开"，
阳光如课本教导着树和房子。

一面被照耀，另一侧是阴影。

我想起某位作家说的话：

我们能否接受世界的不可知

而我们的生命仅有一次？

不仅毫不怀疑接受，甚至从中汲取力量？

自由就从这里诞生。

某种意义上，这也是种虔诚。

2015

恶，或不完美的世界

他们在两棵树间绷上钢丝，

等摩托车疾驰而来从脖子砍倒，

拿走他的钱，留他给黎明。

从天桥扔下大石头，

砸毁高速上汽车，摘走手表项链，

留他们给交警。

大白天把游客挨个叫船头

搜光财物沉到湖底。

大晚上藏取款机边猛砸人的脑袋

为一枚戒指剁掉手指头。

回家路上他们没啥心理活动

不过像出门打个猎而已。

当然他们也会为激情左右

抱住想分手的姑娘引爆雷管

勒住不想分的男孩推进井里。

为一只母鸡

把邻居婴儿放锅里煮。

也为从没说出的怨恨把街坊的孩子

淹在水缸里

还腌酸菜般压上大石头。

他们把人扔下楼说他自杀

把公交点着说自己委屈。

有时他们只为了贪玩，

上山打鸟打死村妇

下水电鱼电死兄弟。

有时他们什么都不为，或者为什么

谁也不知道。一个人和一群人

他们判若两人。一群人时

他们相互比狠。

他们在脑袋刨坑埋进愚蠢生出狂热，

把刀子揣在怀里，锋利

滋生我们的恐惧。

他们把恶的楔子敲进我们心口，

那疼痛让我们学会站立。

那疼痛，将他们和我们连在一起。

2015

天　赋

——送给吴攸

一枚树叶掉落，他抬头看了一眼

绝没想到被它砸倒。

一个人闯红灯，斑马线缠到身上

变成斑马十字路口乱跑。

另一个指尖碰了石榴花蕊

立刻变橘。

一对甜蜜的年轻人落满蜜蜂

嗡嗡，嗡嗡，香气益浓。

而拄拐棍老爷子走进蜗牛壳

敲敲打打，顺道还睡了一觉。

云朵啊、麻雀啊，刚剪过的草坪

探身疑惑的蒲公英。

还有高楼间盘旋的鸽群

广告牌、平衡车，爱眨眼的红绿灯，

都因太阳溺爱显出奇异。

在最好的日子，就像被光

潜入身体，所有事物都像第一次被看见

卑微地等着命名。

2015

赤链蛇

平静的闯入者。在门廊
紧贴门槛，像对夜如此亮堂疑惑
隔好一会儿才动两下
头牵着脖子轻扭，如慢镜头
一截截向后传导。

雨落在彩钢棚顶，沿下水管
汇入木板盖住的暗槽。汩汩水流
反出腥腐味道。
我和叶鹏一前一后守住，怕它进屋。
几个孩子在里边乱叫——

直到房东女儿过来，用棍子朝它颈边
瓷砖敲打，嘴里说：
来这儿干啥，快走吧，回去。
它像听懂了，掉转方向
慢腾腾向外游。

踢脚线边一道波浪线。

拐过墙角，躲进杂物堆不出来

惹她生了气。一顿折腾——

被挑进铁丝笼，猛烈挣扭。

手电光中，紧扣的黑红圆环夺目。

最后送进屋后苞米地。

漆黑、潮湿的河谷。它在那儿消失

像从未来过。

而入侵已经完成。一整夜

暴雨和噩梦不断让我惊醒。

2015

环形山报告

我被投到月球，在上面走。

身体因失重陌异，脚底发飘，艰于呼吸，

心口还隐隐疼痛。

但我知道只能忍受——这里太荒凉了。

那些不出声的争论

发射出去连个人也碰不到，

绕一圈又回来，撞在身上，

一枚枚小鱼雷。

我也不知能去哪儿，不停往前走

只因停不下来。按理能跳老远

可背负空虚让我沉重。

广袤月表，到处灰色景象，

圆形伤疤遍布，像一个个巨大气泡

刚破就被冻住。

扩散的辐射纹，凝固着

炽烈情感，以物理学的残忍。

当我费力爬上坡顶，碗口内光滑峭壁

被看不见的漩涡

日夜打磨。而为月心所牵引

冷峻的弧线滑向令人目眩的深处：

曾剧烈喷发，如今瘪成平坦坚硬的谷底。

耀眼，死寂，像在远古时代

冰冷元素等待裂变出爱。

看！射线与陨石纷飞，彗星拖着

太阳风撩起的彗尾。

每颗小星星都在运行中悄悄衰变，

但没一粒尘埃为多余的心理改变轨迹。

生命的力量仅限于此：

因我到来，环形山溢满痛苦

和爱的话语。可它一言不答

保持着空空的沉默。

我知道有些东西注定。但并非

每件事都该朝向声称预知未来的悲观主义。

有种更强大的力量，正把鸟群

抛入你潮湿的夜里，

把星星词语一样敲进你白色梦中。

我终归要平静下来。但此刻

我该怎么做？把月球举起来给你看，

或站在这儿向你招手？

你会注意到这新的不起眼的阴影吗？

他重量只剩六分之一

并且完全不知道

该如何回到那熟悉的世界。

2015

灰　鹤

低洼的湖岸，灰乎乎
一群无精打采的绵羊。
正奇怪它们在阴天如此安静——
但不是羊，是鹤！
像被施了法，它们呆呆僵立
任十月冷风撩着尾羽
只有长脖子托着梭子状脑袋扭转。
还有两只戳在水中泥埂上，
像脚踩一条鳄鱼。
亲密的倒影被水纹晃动。

悄悄靠近。观鸟镜
将它们由虚变实：一条白道儿
沿后颈爬进瞳孔，和前颈的黑道儿
争咬着红色肉冠。
石板灰、深灰和浅灰，覆满全身
被单腿稳稳地支撑。
另一条腿也慢慢放下，迈出大步。

回过颈梳理翅膀，再抬头看看同伴。

每片羽毛都闪着亮光，

每棵苇根都瑟瑟抖动。

这时一越野车从湖岸

远端冲过来。一阵骚乱。

鹤群发出"可奥——可奥"急促的鸣叫

迈动长腿朝这边奔跑。

蹬过浅浅的水波，腾空而起——

双腿斜挺，用力摆翅，

整个绷成直线，越过我们头顶。

神秘的磁场将引导它们

奔向迢远的南方。

它们所见辽阔，所居幽僻。

心灵寄于高处奋力划破冷风的孤独。

在它们艰险旅程

不存在抉择，唯绝对确信之物。

2015

岛

汽笛在舌形海湾回响，双体快船犁出波浪

拍击两侧坚硬的颌石。

潮流中小小变奏。

每个乐符，从深处传到

黑卵石上绿苔藓的微弱脉搏，

和贝壳吞咽的珍珠气泡里。

舌尖上的堤岸，看似不动声色，

其实心早随之泛滥。

游人稀少的栈桥、旅馆和民居，

层层肩扛着攀上山腰。

山顶，大海遗忘的小湖，

映出岛上茂密的植物。

它当然也整夜看星星，

并为听到海涛怒吼泛起涟漪。

从码头走上步道，环绕着岛的

是几片不同的海。东边起伏的蓝灰浪流，

迎风变幻祖母绿色块。

石头城堡，将军石。空气钻进铁炮

学美人鱼呜呜抽噎。

北面俩无人小岛，一圆，一长，

雾海中浮现，像绿毛巨龟追绿蜥蜴。

西边，半含的浅湾

一汪碧水枕着小块儿沙滩

平稳如甜梦笼罩的呼吸。

租快艇的男孩和看救生圈女孩，

轻声消磨着冷清的淡季。

而南面，大风夹裹鸟鸣，雨点般密集。

走错路才会来这边：

深深海崖下，狮群低吼的巨浪。

小渔船那么脆弱，像随时会被扯碎，

可它加速，从容自礁石中驶离。

这样走上一圈，五小时回到港湾。

只有一家小吃店开业，老板

正在讲他们从哪儿来，岛上人去了哪里。

搭讪的女游客帮着收盘，

等末班船把她接走。

之后，这岛将陷入寂静漩涡，

脱离大陆上时间之轨。

月亮升起，它骤然活跃，

顶着风在海中漫游，忽明忽暗、忽徐忽疾，

任迷乱的海浪碎成黯淡水光，

失眠的云向雷电滚去。

有时，它悄悄潜下几米，

让灼热的石躯浸到凉爽水中。

有时，它向上一跃，像要打海中飞起——

就像人类之梦从黑暗中起飞。

黎明前才重归冷峻

于渐临的曙光中屹立。将激情

凝成石头，在炽热岩浆的渴望之上。

在蓝黑墨水浸泡中

刚强敏感的内心里。

2015

在北极

茫茫雪原，冷风。雪并不很厚

好几处裸露黑色地表。

零下89度让我确信，这儿就是北极。

拿出手机，只拍一张就冻没电。

然后接着走。去哪里？极点。

没有冰川、北极熊，

不停在确定和找不见中寻找。

每隔一会儿就想起，手为什么没那么冷？

好几次想把唯一的照片发出去，都没能完成。

翻地图，打听，查看影子变化——

错误地将其与磁力联系在了一起。

但最后终于还是找到了。

极点。平淡无奇，像冬天麦子地。

我突然想到和我们村是一样的！

包括那道窄沟，爹一直走在前面

对我迷失的路那么确定，几步跨过。

而歇脚的平房，也和老家一模一样。

棒骨头从房顶吊下来

有人把西北方指给我们。

我们准备出发（可刚不是找到了吗）。

袁家坟，我家最大一块自留地

就在那方向。但当然，我们在北极！

场景人物不停切换

整整一晚上我都在寻找极点——

在我的家乡，覆着雪的田野上。

2015

峭 壁

对岸，一面绝壁竖上半空

朝两侧规则延展。

需仰视才可见山顶台壁交错的小斜面

雾状流云中，树木叠生。

明黄岩体，石块脱落的新痕

还有雨水长久浸染

拼接出了山中猛兽的身形，和一个

戴头盔的古代将军侧面像。

一堵坚实的高墙，一整块巨石。

它的物理属性僵硬，却赋予回声感情。

一块纪念碑。装点着

十几道横断上植被的饰带。

一个垂直的、完整的世界——

它的居民习惯了高处的眩晕。

岩缝的蚂蚁，张网的蜘蛛。

乌鸦栖落在凸石上

如隐士望着平缓如镜的水面。

灰鹭贴着山腰自在、优雅地飞行

消失在河的上游。

高高的、宏伟的城堡。随天气变幻颜色

在核桃树长久仰望中保持威严。

光的围栏。热浪洗濯，风雨夯实。

把村庄隔绝在逼仄如巷的河谷

给它有限照耀。

飞机如天上的针，从裁剪齐整的山顶拽出

一根白线，缝接西面略矮的山幕。

两山长久相望，轮流把阴影压上对方。

现在，太阳已从西山沉下，只能通过

光在崖壁的抬升看日落。

黑色岩芯，黄色烛焰——

山尖最后的明亮。

之后沉静的、肃穆的昏暗升起。

它似乎离我更近，并微微倾下身来

把我和周遭置于阴影。

河道泛起的薄雾上，还是乌鸦——

那黑色的词平静地传递着

谦卑、梦幻的愉悦。

依稀可辨的黄色、褐色、红色岩层，

各个地质纪厚厚的卷册

次第打开。关于植物学、昆虫学

和鸟类学，进化学说，断裂、累积，

融为一体。我凝视它。

夜色快速淹没山谷

渐趋显露的星空下，黑魆魆山影

如散发黑色的黑之本源。

它吸走视力，消弭了纷乱的情感——

不再跟命名有关，而成为强大、险峻

令人屏息的存在。

流水在它脚下转弯，把知识的碎片沉淀

磨圆，带向远处。把细微的理解

以哗啦啦水声导入我们内心。

2015

白头翁

——给君兰

柿子树，鸟儿眼中的美食山。

金黄果实浮沉于红砖墙内墨绿叶浪。

闪亮的秋露，夹裹柿香的轻风

还有慵懒的毛虫。

这被理解为一个邀请。于是

当它们在清晨俯飞下来，快要落上枝头

猛一下，撞入

看不见的网中。

一只大手把它们捏住，放入

树下三只铁笼。

是那棵在远处吸引它们的柿子树

不理解趋近何以成为束缚。

红色、蓝色的大鸟，愤怒程度

如同其艳丽，拒绝任何食物

很快死去了。白头翁倒像是镇定了下来，

嘀嘀咕咕，时而忘了处境一展歌喉。

一种喜悦的调子。

心酸的喜悦，自嘲着哀苦的少白头。

每次来人都惊恐地扑棱

要将笼子撞破。

它们的秋天，吃啄烂的柿子

在小铝罐饮水

以清脆啼啭唤醒打盹的昏愦。

它们的冬天很难挨过去

穿堂屋温度太低，还因主人粗心大意。

他们不会太过留意它们

就像并没太大必要抓住它们。

他们就这样不在意很多事过一辈子。

真正在意的，有时我们并不在意

等醒悟过来，陷于

羞愧之中，就像白头翁在笼里

不知该如何补救。白头翁死去

世界在无情的消逝中

用短暂的歌喉留驻了意义。

2015

山　村

——给宝卿、杨力

1

废弃的高架铁路，横跨整座山谷。

走在上面，像走在上世纪六七十年代。

锈红铁轨，和枕木拼成一溜方格，

石子亮灰底色——

胶卷抻平，显现往昔光影。

恰如路轨一端，东北方半山

早关停的热电厂，粗大烟囱高举标语

假装还在过去日子里。

另一端钻入西南方隧道。

幽暗中，火车不时鸣笛冲出，

但没奔向我们，而从岔道

驶往南面两山间的主干线。

因车速慢，愈发轰响，

这旧轨也轻轻震颤。

明知火车永远不会再来这边

走近洞口仍生恐惧。

这时一道潮青色凉爽的阴影

由西而来，推着明亮的光越过我们

一直压上东边的山峰。

余晖直晒的最后尖顶

呈耀眼金黄色，炉焰般燃烧。

我们惊讶地看着它，直到完全熄灭。

桥下，屋顶和树冠渐失色彩，

夜色如慢慢变浓的雾

终于充满谷底。

纳凉的人还在，只有声音传来。

2

而同时，群山黝黑轮廓线上

云彩正化为浅灰，从绚烂的

黄昏盛宴隐身。

又一列客车穿出，山腰拉出长长的亮格

曝光着一方方行旅生活。

定格与流逝的戏法。震慑与恍惚。

飞驰的光带剖开浓重山影

被另一侧隧道吞没。响彻山谷的咔咔声

消失在大山深处。

再看天顶，透亮的蓝紫色

因越来越大的星点变得深邃。

白天并不醒目，此刻

高大信号塔在西边直插上去——

简练的黑线条，在夏夜清朗底色上

勾勒出明晰剪影

几乎触到极小的弦月。

看似冷漠，无声传递着隐秘的爱。

当寒冷和疲倦袭来，起身离开。

来路漆黑。

进村前再次回头，哦那月亮

柔光洒遍憧憧树影皴染的寂静岭线。

铁塔依然兀自耸立

在混沌的黑暗山野。

2017

西府海棠

哦这暮春暖风里
虽是晚上，看不见，她仍忙着盛开
由粉转白。

酒劲儿呢？过了最猛那波
正趋平缓。
一场场小电影。顾自
循她味道，在时空的老迷宫
一时堵住。

再定睛她涤荡后收紧了身姿。
解风情时留你错愕
明事理时换你无理。

2016

奔　流

春天的山谷，河水奔流。

河面风阴凉

吹动檐下晾鱼干的箩筐。

几根柔软腹羽

挂在脆亮鳍刃上——

什么鸟蜷在里边过了冬。

云层积压的四月傍晚

树木、山羊、翠绿的草尖，

所有美好的事物

正遁入它们谜一样本性。

连接村子和对面山腰

大桥高跨正失陷的深沟。

杏花绽放，河水奔流

比白天更喧响。

宽阔的水面来到桥下

被矮坝隔成湍急两道儿

又被石头分成一股股

叠织着向前奔跳

汇入大山高耸的暗影。

夜色加深，河水奔流

变成最深最稠的黑色

被同样黑的石山咕噜噜咽了下去。

它源源不断的活力显出一些野性。

禁锢在铁笼，虹鳟逆着劲流

像根刺卡在那里。

偶尔原地游摆，搅动那团混沌。

它的星空由永恒黑暗构成。

它的时间

是疯狂流动的撞击之痛。

夜雨正酝酿，惊雷百物生。

2018

读薇依传

她令我反省自身的犬儒。

比之她的正义和严厉

中庸像光照中涣散的尘埃。

我想起平日的浮夸，懒惰，脆弱——

美有时也会显得无味

对错却不会。

是，或否。

是：勇于把自己投出去的尖矛。

否：蝼蚁的哲学。

2016

爱的潜水艇

这怎么可能？他那么灵活
不过转身去追球，就在眼皮底下
摇晃一下，趴到了地上。
脸上都是血，
沙土揉进了皮肉。

这怎么可能？医院回来我还不相信。
就那么一小会儿。
带他找更好的场地，
走了好远，没踢五分钟。
不该在砖地上，想起来心就痛。

早上醒了我还是不相信。
想起他瘢痕体质，白净的脸蛋
花得吓人。比硬币还大的疤，
还有上眼皮到鼻尖
一道黑搓痕。

但这怎么可能呢？我那么爱他！

有些事再提防，还是会发生，

轻易得像个嘲弄。

而另一些事，不仅发生了，还一再发生。

只是拼音不会，我就大声吼他。

跟奶奶多要一桶彩笔，

我就训他。他越哭我越凶——

这就是我们爱的潜水艇：

潜隐时是漠视和憎恨

浮出水面却是痛。

2014

选自《雪人的冬天》（2021）

空　隙

隧道，还是隧道。火车在山体的
黑暗内部
吞吃回声。

猛一下闯入：有河的绿峡谷。
猛一下消失。

那一道空隙，两扇黑影之间。
只够看清：
安静平房被绿树笼罩
红屋顶和大片向日葵熠熠闪光。

如此安宁的世界。
内心动荡中，黑暗只需持续一会儿
就能让转瞬的光照
带着对生活全部赞美涌入身体。

2019

暮 冬

过天桥，月亮在树顶淡极了。

协管员大声说今年一场雪没下。

他赶在关门前挤上公交。

二愣司机，一脚油门接一脚刹车

把学院路开成鹅卵石路。

一座座站台的小岛上，结队的企鹅

朝一边张望。他们身后

广告牌反着东边薄云的红光。

没人注意到他正回味着

昨晚那鲁莽而难言的欢梦。

比现实更真实的重逢。

他几乎逆转了时间而在另外轨道上

得到他错失的。

哦，那天光啊，那月亮啊，

都好像还在那个世界里。

2019

雪中树和鸟

雪好大，白蛾子般从天上

扑簌簌飞下来。

很快落满了屋顶、花园、路面，

一楼老太喂猫的瓷盘。

还在一根根横伸的枝条

垒起薄墙。

这些树，一动不动，小心翼翼要把雪花留住。

纷扬的白絮中，它们反被凸显——

就像被长久漠视的生活

突然成了费解的谜题，

时疫中蜗居的人于苦闷的安静

思索着答案——雪的隐喻

平添几重新义。

而鸟，看着雪——白色的

寒幕落下，一时也陷入这浩大岑寂。

像在琢磨

这崭新的世界，呼吸

是否还和从前一样，

而啼鸣

会不会让这一切裂开？

2020

雨　后

红色大楼淹在小滩积水中
同时裂散在一个啤酒瓶
几十枚碎片上。
就那么被浸泡着被支解着
在水纹里摇摇欲坠。
墙缝的小草也比它更结实
更不易受毁坏一些。
直到你抬头，它还在原处。
并未被淹没，碎裂。
微晴天幕下它如此稳固、平静。
就像被内心的风暴撕扯的我们
依然如此平静。

2019

山　洞

1

游移电筒光引领
在潮湿、漆黑洞中深入。

这光，他手中开山斧。
凿出夯道和两边规整小石屋。

"放油灯的。"石壁凸起的台座——
颠倒的鼻子。可想见当年火苗
鼻息中摇曳。

"射击孔。高处的是气孔，
通到山上，绝对探不着……"
洞挺深，可看处不多，
凡有点特别他都认真讲解
生怕我们失望。

之后就随着他，找到那方水池。

凿于整块巨石上，

清凉的立方体，压着一眼山泉。

俯视它，无色的水凝结一般。

微弱反光中人影

像长着别人的脸。

哦，黑暗中的镜子。

如大山隐秘的内心——

一种尺度。不管多隐晦的念头

都要接受这汪清水评判。

2

镜子镜子，谁是那个最纯洁的人？

不知道。

我仅在幽暗中照出

虚影中实相，以一点点光。

光消失，影就消失。

那些深埋的无人会知晓。

3

做饭的石屋。天然灶台、石锅，
形状、利用都堪完美。

墙上刚好有水涌出，洗碗洗菜。
现在水小了，但没间断。

源源不断的水流向了哪儿？
就脚下，石脉也走水。

连同水声消失的人声呢？
封于岩层深处。

哗啦啦的水声，大备战的口述史。
渗入山体，再无讯息。

4

一种新感知，在最初感官禁闭后生成。

黑暗子宫中的孩子。
或者，接近穴居生活，
最小的声音针脚
也能穿过耳孔。

还有那些心理波动。
捕鳝钩般引诱着更多幻景。
起火做饭的响动，避难者的喧哗——
好像这儿已启用
外面世界不知是否还在。

当手电熄灭，石壁压过来。
穿行洞中如走在实体空间。
那镜子，是否记住了这张脸
并照出它小小的畏惧？

这时一束光，冷不防从尽头
探进来，将我们挨个拽出。

2021

雨中柿子树

——给刘冰

1

劈里啪啦，迅疾的雨声建筑师

用它渐强音，在窗外

建造了一座树塔。

厚实叶片层层托住这骤起的音乐，

白色水雾向墨绿尖顶升腾。

我突然想到你，当我看到它

耸立于沉闷的下午之上。

我想到近距离触摸是种奇迹。

当你在短暂分别另一端

如在另一重时空——无从触碰

只能在这雨声之塔显形。

现在，树洗得发亮，微光照映着

雨随物赋形的高超技艺。

它精微浩大的工程

葱郁枝团焕发的勃勃生机

让我领悟被日常消磨的爱的神奇。

2

在梦里。一场无声的雨，有些不真——

明明太阳照着。你

站在保定站外面——悄悄

走过了接站的我，在广场看我着急。

等我终于找到你，平静的脸

看不出生气还是原谅。

白亮雨线中你像淋不湿的照片

有着梦境惯常的虚幻。

而回到现实，确实和雨有关：

八月初海边帐篷，夜雨敲打重重心事。

第二天被医生确认。仓促的分别

一个痛苦而揪心的夏天。

哦那个蠢男孩。

十九年后，遗忘抚平的尖锐疼痛

在雨中苏醒。累累青柿

令树低垂，阵阵泼洒中轻轻摇动。

3

仍是这院子，这下午。

鸡仔瑟缩瓦棚下，忍受大雨奚落。

一两声惶惑、尖细的吱叫

似打迷蒙深处来。

压倒一切的雨声，充斥整个世界

持续镂刻着塔身的细节。

叶子的纹路，枝条的弧度

翡翠柿果滑润表面……

记得你第一次来它还是棵黑枣。

从一旁攀上墙头，倚着房檐照相

目视远方。再来时，

你惊叹它嫁接后的变化。

我真想让你看见：它正耸身

泛起青翠涟漪。那最初的激情

于枝干中流动，长成一株大树的形状。

雨减弱，小彩虹浮现。

4

急雨在二五二家属院追上我们。

你把那辆托着柳条筐的自行车停在

大梧桐下，我在后座

两腿支住。盛大的喧响。

头顶繁密树冠间，水珠好一会儿

才落下来，每颗都晶莹透亮。

像是能让那一刻慢下来的魔法珍珠。

四周密密水帘围起的雨屋

似更大的水珠含住了我们。

多安宁，如某种起始。

之后我们闯入雨中。穿过一场又一场

晦暗的雨幕，来到今日

这树塔前。它是记忆的另一种形式。

其中封存的甜蜜和痛苦

为雨点不断的激吻所唤起。

泥土在猛烈冲击下急遽地喘息。

2019

黄刺玫

进西门南花园，遇它
开得正盛。
没料这么快，春天就在熟悉路边
隆起了一年一度
明黄耀目的篱墙。

无忧无虑的花朵啊
每朵都那么完美
争相打开欢乐的小喇叭。
荆条也尽情舒展
宣示这季节
连尖刺也青涩柔软。

而我，还在对友人的话耿耿于怀
像刺长在了心里。
我不愿意争辩。
我也不全对，羞愧和恼怒
都藏锋锐。

要平静，平静下来。

总有一天隐痛会发芽，

以更平和、近于诗的方式。

2019

盐 湖

草原公路。一道平坦、葱绿的长坡
掬着一汪湖水。淡蓝色
毫无波澜，宝石镜面般，
被阳光以暴晒法，勾勒白色镶边。

远处制盐厂，废弃的传送带。
脱臼的大门半敞着。
小鸟像着了定身咒，湖边发呆。
一滴滴水，日晒中结晶——

凝缩树林、云朵、雀影。
硬如锆石，苦，咸，闪着微光。

2021

另一半

有次我半夜醒来

觉得自己只是一半。可把我吓坏了。

那种巨大、难以克服的惊惧

让我被电的鱼般绝望。

也特煎熬。直到我猛地想起

我还有她，就躺在身边。

如果我们结合，我就会重新变完整。

我从后面抱住她，才接着睡着了。

还有一次，她发脾气，觉得我完全没帮她。

孩子，家务，所有。

"倒不如一个人，也是一样。"

那真刺痛了我——事后想想

相爱中激烈争吵的痛苦，很大一部分

是身体内另一半造成的。它说

并不是你的一部分——

伤害对方的话，其实撕裂了自己。

最近一次，是她在麻醉中

好久不能醒来，怎么叫都没反应。

焦急中突然有种和那夜一样的惊慌。

就像在上午阳光中，看着她

困在黑暗——真怕走散

再也回不来。于是在心里

默默祈祷，希望另一半能听到。

2020

白河峡谷

——赠巨文

1

从白河堡水库出来，

时而湍急，深涧中啸叫，

时而平缓，穿过河谷平整的玉米田。

大转弯处猛然掉头——

勒紧的山姿一耸，更显峻峭。

就这样，缘矗矗崇山间

一百多公里大裂缝，左闯右突，

经延庆、怀柔入密云水库。

这条深青束带，

串起两岸奇峰、怪石，各景点。

木化石群啊，滴水壶啊，云台揽胜啊，

捧河湾啊，黑龙潭啊，天仙瀑啊……

一座座度假村、农家院，

漂流站、攀岩场，还有私围的野餐点，

在夏天招揽城里人。

到云蒙山北麓，峡谷达壮阔极致。

而中下游，被道道陋坝隔成数段。

可它并不受此拘束，这不歇的漫游者，

沿途啜饮山泉，

收集两岸雨水、瓶瓶罐罐。

四季在它身上变幻：

春天的瘦金体，盛夏丰腴成苏轼。

而秋天纷撒的写意

凝结到冬日严峻蚀刻中。

它令石头生花，花生蝴蝶，

令果核变大树。这峡谷的生命之神。

一日日精读岩册，向深处钻研

以鹅卵石占卜。

一年年冲刷山和云的倒影

更新着错落的山村，为其想象

注入激情和柔训。

并让那些野长城的山羊

下来饮水时，瞅见自己

睿智、滑稽的脸。

2

空旷河谷，他，那么小一个。
水边搬起石头，往回十几步
抛到河滩地头儿。
石头嵌进沙土，连成虚线
间距足有一尺。
不能阻挡河漫上来，
也不能防止土被雨水冲走。

"围上就自己的了。
长得不好，有时还被淹。
但总得找点事干。"
去年的棒茬磨烂了尖角。
他坐上刚搬来的石头，
正对北岸高耸的崖壁。
"上面什么都没有。
原先有人上去种树、放羊，

现在路早长死。"

抽完烟起身，继续搬石头。

一趟趟往返。这就是他一天工作。

经年累月就在这儿，世辈传承的地界儿，

与山相对，建造着一座

流动的营盘。

那屏蔽并吸附他一生的岩壁

昼夜互为颠倒的负片，

把生活反面凸显出来：

某种变迁中枯寂的美。

而白河，那永远年轻的绿水

穿过桃花林，沿收窄的峡谷拐向东南

带走每日光与暗。

3

早开堇菜，春天第一声童音。

它们紫色小合唱中，蚂蚁运粮队

往老杏树下搬运。

而整片野杏林淡粉色火焰

熏染着山崖上烟痕。

树顶，长尾巴帘儿信笔涂点。

松鼠对着树洞，仿佛那是面镜子

显出一张喜剧演员的脸。

瞳孔中，谢幕的落日在燃烧。

之后野李的变色灯笼，照亮整个夏天。

北风，九月就把彩旗插过山脊线。

那时大灰天鹅、黑鹳、白尾雕、震旦雀，

都在迁徙路上，俯瞰山岭间

那条银带微微发亮。

而留下来的鸟儿，闭紧喉咙，

将本地气候、地形摄入合拢的舌骨。

忍受着令人绝望的冷漠

和一点点爱

以绒羽中跳动那烛。

4

同样峡谷中老人。

守在那，看我们远远过来。

不许过！路我修的。

那我们从公路护栏迈过去。

也不行，整个河谷我家都承包了。

河谷怎么能承包？防汛能让？

就是承包了，就不让过。

国家修的路能归你管？

就归我管。这个瘦脸刁男人

见我们想从路基下去，打小三轮跳下来

大声威胁：不信就试试！

那些车开下去的，无疑交了钱

可他并没跟我们说钱的事

大概因我们停在了别处。

于是，一起来度假的几家人

和他剧烈地争吵。

他不断靠近，一劲儿把小身板往我身上拱，

叫着"打我，打我！"

他胖老婆一旁帮腔，哪来的回哪去。

而我们，只能用"穷疯了""给农民丢脸"还击。

僵持过后，不得不往回走——

带着孩子，不想惹事（孩子气哭了）。

他追我们到大桥上。

峡谷越深入，民风越淳朴。

如此的野蛮多年未见了。

是啊，这点儿不愉快确实不算什么。

可当时的细节，长久不能释怀。

委屈、愤怒，还有被欺负时

不够冷静的耻辱感。

当我自我宽慰这样的愤懑徒劳无益，

不值得，另一声音在心里说：

也许该记住这种无能为力的感受。

这就是邪恶滋生的空虚——

其平庸和阴暗时时提醒：

美，何以是受苦的正义。

峡谷西端，山顶之上，

几片枯草场猛烈燃烧，火苗罩着黑烟

向中天扩散。

深青色河中火势也在蔓延。

光留给山野最后的安慰，

以便它平和度过夜晚。

山影中，竖着一柱柱炊烟。

半山腰几户房子——看不见路

像被直接摆在那里。

此刻，在大桥上，那红色的蛋

正被∨型敞口咽下。

暮色吸收光和色彩

以黑白还原更质朴的真理。

一切没入黑夜忘却的沉睡

包括那难熬的痛苦。

水流从桥下穿过，消失在峡谷深处

只剩开荒地的稻草人

孤单地等着明日的鸟。

哦，暗夜中的河，如深眠中激荡的梦：

另一种生活，另一重天地。

月亮在水流逆鳞上跃动。

那无思无虑的水声

似乎在说：行乐当及时。

又似乎在说：生命的悲剧，就在它的流逝。

沉湎于嬉闹，忘记了那声音

本可用以赞美，

或祈祷，向我们相信的。

2020

高山冰湖

崇山环抱，靛青、冷峻，
波纹绞着近岸的浮冰。
深沉克制的美，亲近
且适度。

一只世界之眼：树和飞鸟，
天光与星群，从瞳仁传入大地之心。
那心灼热，跳动时
如脚趾翘起另一只脚底板。
它若爆发，贴伏于岩石的湖
会瞬间汽化。

一面宝镜：山峰倒插，搅拌云朵。
深处似更魔幻。
反过来，湖底的隐秘
在天上被敞开：
乏味之善与热烈之爱
如何抉择？

一个漩涡：

在那诱人的美面前

止步为真。

2021

雪人的冬天

1. 林中

雪松在清早沉默

像一座座墨绿小塔。

任由毛茸茸雪片敲打顽硬松针——

凝满雪绒

含着球果状瞳仁。

雪松在雪中沉默

于一条幽僻的路边。

当我陷入湿地没膝的茅草

松鸡怪叫着起飞

提醒已深入太远。

雪松在梦中沉默

梦境小水洼，映出湿木灰天色。

一年生花草

为第一场雪惊诧。

大山雀喝醉般瞧着满树浆果。

雪松在醒时沉默

上百只眼眨动，像在言说。

你，会走路的雪人，不属于这儿。

你心太暖容易化掉

怎么抓住寒冷的硬核？

雪松，告别时依然沉默

守着山坡上野墓，终日眺望河谷。

回返时我感到这沉默从舌尖

朝胸腔下坠

像马上落进土的松果。

2.小雪人

这一排小雪人。戳在围栏木桩上

像从那些雪树上摘下来的

雪人参果，拳头大小，

各个不一样。

有的长着繁果忍冬红眼睛

披青草围巾。有的枯花蕾媚眼

戴苇穗草帽。有的在笑

有的张开怀抱。小树枝

在不同躯干，或是鼻子或是嘴巴。

还有一只，插上榆叶翅膀

像个小天使。

冬天的小天使。落在柱头

背对还没全冻上的湖。

看不见苇荡远端那排硕大苍鹭

还有那只落上冰的野鸭子

扭着屁股朝水面奔跑。

它只和观看者对视，

平静的欢乐，感染了人们。

神性存于它们自然之心。

小雪人，像新生小孩子那般脆弱。

不知该怎么保护

这团微弱的火。冰冷外衣不行

变硬也无法改变处境。

原初的听觉，过滤掉放大的杂音

仍辨出一丝凛冽。

哦，这些小雪人。

成形于物理学的悖论：柔软的心

令其从内部融化，

而它们有赖寒冷才成为自己。

这些小天使。

浆果纽扣和木棍儿鼻子掉落

草叶嘴巴仍保持微笑。

它们会顶着狗尾草犄角

守在那儿消融，也可能半夜跑掉。

3.十二月

六棵云杉。雪

埋住了根部，看起来很厚，

而覆在枝塔上那些，突出了树的挺拔。

你在美术班的一幅习作。

阴沉天色，正是十二月主色调。

我看见了另一种生活。

在我生活的外围，很远的地方，

包围着现有的生活。

可我自己的生活，到底有多大？

整整一个月冷风枯树间啸叫。

我脱离了世界而在这暖和的小屋子

享受并反思甜蜜的空洞。

在惬意中蹉跎是空虚中最无趣的部分。

不如在凛冬严寒中

清醒和振奋——这是当然的。

不止一次，想去兴安岭过个冬天。

读读书，写一写那最常见事物。

一定每天认真扫雪。

天儿好时，就到户外走走。

有条狗就更好了——

你看，不管我们把生活压到多小，

还是不忘把心分出一份

放进雪人的身体。

4.郊景

一片覆雪的荒野。没多久
就感刺骨。白茫茫，空荡而寥廓。
枯草上的脆雪如白纸
等着人们写下心事。

比如说，秘密的暗恋，痛悔，
新时代复杂感受。
并把风的波纹和兽的爪印看作
神秘的文字：

兔子脚印说猎人变少了
狐狸多了起来。一片片的褶痕
是雪地做着海滩的梦。
浪花的冲抚，闪光的珍珠。

夏天唱歌的鸟儿，有些迁徙了，
有些躲起来。鹰在高处保持
沉默和机警。只有麻雀日常的絮叨急促，

喜鹊那喜剧演员，毫不掩饰欢快。

严酷是最消磨人的东西，
让彼此变得冷漠、压抑，
让最沉默的，心里受最重的伤。
所以更要坚强，抵御它，以内心的火。

5.西直门教堂

暮色中，哥特式尖顶
因周遭呆板的建筑变暗凸显出来。
积雪好似花边，装衬着
灰墙上的横檐。在前面，一对老夫妻
轻声交谈，绿围巾女孩一路细看
圣徒和事迹。

进入厅门，像进入另一世界。
穹顶下的空气凝重。
三折式巨幅画像，圣母加冕
不形于色，安宁得似在倾听呼告。

而祭台，形如诺亚方舟

意拯信众于内心洪流。

我想起几天来，冷风中搀扶她，

一小步一小步挪动。

磨难和疾病教我们相爱

如刚才那对老人。

他们用冷水在额头涂了十字

坐到椅子上，那么平静。

尘世的冬天，上主的葡萄园。

教众陆续步入这受宠爱和护佑的殿堂。

而我走出来。天已漆黑，

灯火教人恍惚。

回头看它，陷于夜色的高大暗影。

"天主堂"尖顶帽

彩绘窗亮眼睛——这是另一个雪人。

看着人世之恶如何由空虚滋养

爱怎样在冷酷的城市运行。

6.冬夜

半夜走上晾台，星光好似冰碴

冷得彻骨，也足够璀璨。

照着铁笼醒来的狗，院心

黑乎乎的胖雪人。

还照着我们这颗星球——从它诞生

就眷注着它黑暗的一面。

这些星星呀，散落苍穹，各自向万物讲授。

阿斯科里和布鲁诺已经证明

让全体信奉唯一的正确，在道德上的不义。

天文学还告诉我们：辉耀的太阳

比这些微茫的恒星小多了，

而我们在暗夜才记起这样的事实。

这些星星。看起来渺小，但其光芒

有高贵修辞的冷峻。

这村庄，宁静而深邃。

这雪人，我们亲手堆成——

它可能会逃到树洞

完成一首诗的使命：说出冬天全部的美。

而春天就在头顶，树枝的蠛蛸中。

那是诗人最爱的语言——

枯燥，但蕴含整个春天。

连同一窝螳螂，身后的黄雀

眼前的蝉。连同树洞里雪人，

它的形融化，心长成一树梨花。

2019

北科大

苦仄人生路边悬空小角落

六十平出租屋

一家人各自忙碌的生活。

每日清早我们如分叉的三道溪流

奔向不同役命的山谷

经一整天跌宕与曲折

裹挟欢喜哀痛，汇集在傍晚的顶楼。

这一潭静水啊，深幽。

每句话落下

涟漪扩散到夜的尽头。

五年，度过杨絮飘飘的春天

空调一开电线就着的夏天

燃气炉坏掉下水道堵住的秋天

还有暖气管藏着一整条山溪的冬天。

我也并没忘掉

一年四季花木环绕。

黄刺玫、野山楂、雪松，

两种丁香，三种木兰，四种海棠，

那些漂亮的花和叶子在每一天闪光。

鸟儿同样将我们环绕

在每个日子歌唱。

这座花园，把我们与城市分隔。

穿过它回到那小房间，像回到避难所。

它保卫了所有委屈和苦恼，

奇梦、失眠，还有小小的欢笑。

有时在寂静夜里，手捧着书

恍如置身孤独的灯塔。

窗外黑暗辽阔，对面楼壁悬崖

风涛中溅洒着灯光的浪花。

孩子在这里长大，我们变老。

时间在爱中流逝

星光守护着高处的鸟巢。

2019

婚礼日

那天镇上罕见堵车。甭提多堵了。

光地道桥，连挪带蹭就一钟头。

小姨在宾馆急啊，多亏她，不讲那么多礼

直接打车出来。刚出安山就接上了。

哦，被冷落的新娘。

白色婚纱，县城水平的红妆

让我从出租车抱出这个人

有点不像你——行人纷纷侧目中

将你放在婚车后座上。

回来照样堵。没经过这阵势

本地三马儿在大货间钻来窜去

终于彻底茌死了。

靠爹在家电话导航，我们上了田头小路。

是走过，多少年啦，早忘了。

老爷子肯定把接亲车当拖拉机了

一个劲说能过，有啥过不去！

坑坑洼洼不提了，光那三四米深水沟

都不知咋开下去的。

赵艋的大别克

咔咔拖底，换谁也心疼啊。

算重走了一遍童年赶集路吧。

挺悬乎，也挺新奇。

田渠中黄花探出头

拉车的黑牛也有些诧异。

鸟鹰就那么来回飞

似乎不懂什么是累。

一路寻，一路颠，一直到村北。

过大桥拐到家门口，车门一开

二踢脚"吨嗒"炸响

冷焰火从人群喷射出来。

我又抱起你，看你盈盈笑意。

然后迈过火盆，穿过小院

进入那座低矮的老房子。

屋里屋外的流水席，欢声鼎沸。

大执宾安排着典礼。

可我什么都听不见。

那天不管什么，全有些异样。

好像一切都和我们无关。

我把你放下，美丽的新娘。

世上的爱如船儿摇荡，终要锚于心中。

还有仪式要履行

我们都不习惯，但决心服从指令。

2019

冬青纪念碑

蛰居太久。像大雪飘飞中走进山洞，
一个多月后从另一头出来，
已是杏花含苞的早春。

雨，淋黑了路面。
人人那么拘谨、沉默，提一袋袋食物。
眼神似在躲避，包括久违的相识。

小区门口，被揉烂的出入证
和失准的额温枪准许。
查后备箱的甚至开起善意玩笑。

而冬青，满足于斯多葛派
谨慎的道德生活。
此刻，举着积满灰土的叶子——

日常生活的小小纪念碑。
被雨滴刻下

错失的那半个冬天。

2020

小滨鹬

——给聪聪

呀，海滩上的小滨鹬。

像可爱的花鸡仔，但它更机灵，

轻巧闪避着涌上来的潮水，随之进退。

也有点像腿更长、嘴更尖的麻雀，

只不过还不会飞，一双翅膀

扣在背上，像画上去的。

看它，时而踱着步子，左一下右一下

沙粒中啄食，时而定身

一副机警的样子。

当我靠近，它跑呀跑。

缘着波浪的裙边，疾奔在自己世界里。

那是一个只属于它的世界。

小野花和它无关，蜜蜂和它无关，

虽然就在几十米外。

成片的海鸥刚刚啼叫着

渐次飞起，剩它一个

独占这段长长的海岸线。

它跑呀跑，孤孤单单。

海上帆船和它无关，货轮和它无关，

冲上来的香瓜橘子也和它无关。

它跑啊跑，捯那么快，

像体内有个满劲儿的发条。

哦看那钨合金的小爪子。

还有柔软的小羽毛。

每根都恰如其分，拼出了多漂亮的花纹。

它跑呀跑，拉开距离又骤然止住，

小脑袋扭动，出神，

像个音符从旋律跳到了沙滩上。

它那么单纯，雪一样单纯。

象征和隐喻与它无关，它只是它自己。

它和火焰无关，和冰山无关，

当夏日午后的阳光洒在它身上

它跑呀跑，在它自己梦里

躲着闯入它梦里的人。

那一刻，好像我们共处一无人小岛

我动它跑，我静它停，

一条看不见的线在我们间扯动。

它跑呀跑，就像写诗时内心那种欢快

好奇地随处试探。但它和思想无关

不表达沉重主题。

它没什么目的也没什么计划，

时间都是它的，这地方也是它的。

波浪和柔风，贝壳和细纹。

它跑呀跑，就像巡游的小王子，

快活的流浪汉。

钥匙链和它无关，公交卡和它无关。

它不需要什么房门也不需要地铁。

它跑呀跑，不携一物，

晃动着那硬朗的柔软的小身子骨。

它和充电器无关，和背包的艾略特传无关，

因为他太阴郁了，它是对他的反驳。

它和悲剧无关和喜剧无关，

和罪孽宽恕也全都没关系。

逆照中海面波光粼粼，沙滩闪闪发亮。

那是它的识字课本。

它会用一生去学习，在海浪

咕噜噜的浊音里，独自领会那些技艺

并以捕鱼法答辩。

它跑呀跑，白肚皮掠过黑海藻。

它和下午的钟点无关，和一年的流逝无关。

时间漩涡对它还不如一朵碎浪。

看它，似乎慢慢接受了我的存在，

在很近处斜睨着，

那神情，像是它想象出了我

而我正对它的想象好奇。风啊

吹着它的颈羽。哦它和湿地的白鹭无关

和小海马、小水母、小海豹无关。

它只是一只小滨鹬。

它跑呀跑，那么娇弱

在冷酷的食物链中踩着运命的细索。

但它和生死无关，在它的世界

生并不比死更好。太阳倾斜

海岸显出一丝荒寂，一丝危险。

呀，小滨鹬。这个小大人儿。

呆头呆脑的小机灵鬼。

当我离开，我看到它跑向来路。

它会一直跑下去。

跑呀跑，月亮就升起来，牵引大海。

跑呀跑，太阳就升起来——

一个个白天对它是重复的梦。

这快乐的小滨鹬。

有圆骨碌的黑眼睛的小滨鹬。

你能相信吗？这两只眼睛

能在望远和显微间迅速切换？

它正长成的视力将扩大它的世界

令其接近我们的世界。

但这两个世界，并无太多重合之处。

它的世界中更多接近永恒的事物。

而我们的世界——哪怕处在毁灭边缘

它仍会悠闲地踱步。

2020

被困的野兽

他突然一声嚎叫，猛拍脑袋
仿佛那是一面鼓，要把它敲裂
放出身体里野兽。

打完自己又打他父亲
哼哼唧唧，痛苦而扭曲。
不知是为让他冷静下来
还是因愤怒，这父亲还起手来更狠。
不顾傻儿子的哀嚎
把他头往车厢上撞。
他直接放出了体内的野兽。

有人无视有人瞥视，有人躲一边
看爷儿俩鏖斗。
这青年，确实无法自持
短暂平静后再次爆发
更激烈地打自己、打父亲，
然后挨更重的打。

一只被困的野兽，一只失控的野兽。

以怒气角力，谁都不说话。

当妈的就站几米外

咕哝了一句你打他干啥，

就再也没说话。

两站后她喊他们下车。

领着她的呆儿，像拉个三岁的孩子。

又高又瘦的父亲跟在后边。

留下两只野兽在车厢游荡

在我们体内紧张地对峙。

2019

新生命

1

凌晨五点，空旷的走廊。
终于出来了可看不到你。遮在小车
一两声不响的啼哭
把我从整夜等待后宿命论的平静
推向手足无措的慌张狂喜。

洗完澡送来病房。你，这么个小人。
真太小了。袖珍的五官
嵌在发皱小脸上，柔软的脖颈，
细嫩的兽爪般蜷曲的手指。
不管护士怎么教，我都不敢抱。

随后，你把我们自幸福梦境
拉回烦恼尘世。对那紧张期待的乳头
你毫无反应。一下午，一番番尝试，
从初为父母的迷惑到最终慌了神

好像我们才是刚来人世的孩子。

应激反应障碍，头部鸡蛋大肿块。
大夫举起你，摇晃你，判定你。
洗胃，检查，重症室。我们则在外面
无助地研究：颅内血肿，吸入性肺炎，
被那些可怕描述所震惊。

2

之后整整半月。每日煎熬中度过，
看不见你，就拼命想那天慌乱中
你的样子。那安静的
病恹恹的小兽，甚至没顾上看清
眼皮是单还是双。

一日两次奔波在家和医院，
带饭，把奶送上楼。
而她在病床插着管子，
充盈着怀孕起那种安静的美，

摆弄新奶瓶、亲友送的小童衣。

有孩子哭，会觉得那是你。

半夜醒了会伸手去够你。

她担心，但宽慰我。

护士对病情不置可否，只说特别能吃。

真极大的安慰。

因此，出院那天，就像你又出生一次。

裹着小花被，模样变了。

眼睛真大，骨碌碌好奇。

而我还是那么慌乱，一个劲儿说开慢一点。

轻微刹车，胳膊就伸过去。

3

接下去那年，你成为小恒星。

我们围着你运转，洗尿布，捣辅食。

一夜冲三次奶，试水、摇匀。

接受你哭声的命令

服从你睡和醒的钟点。

而你呀，不整觉，吐奶，拉稀。
厉害时一天泄十几次，怎么也治不好，
头焦额烂，心爬乱蚁。
每次发烧都是淬炼，数夜难眠，
更别说脚趾变形，吓得要死。

就这样围着你，在爱的轨道旋转。
如同你第一个玩具
绕着头顶唱歌的星星月亮
守着你在小木床仰头，翻身，坐起，
长成胖大小子。

越来越能吃，一顿八只大虾。
哭得越来越有劲儿，学会喊爸爸、妈妈。
然后有一天，在南门，你落在地上。
我的孩子，就那样朝我走来。
试探着，摇摆着，对每一步表达惊奇。

2019

蜜蜂的感受

对这只乱入的蜂鸟鹰蛾

四不像的小飞怪，

那些盘绕在迎春花球的蜜蜂

该如何用它们的舞蹈向伙伴传达？

喏，来了一个大家伙……

让我们假设——这很有可能——

蜂鸟鹰蛾和对它的描述

并不在蜜蜂的语言中，

有没有什么模式

让它们讲出新发现的事物

并表达惊奇？

我们的感触，则更为复杂。

不仅互相传递惊奇

还在内心激起火花和电流。

我们能更完整地看待这世界

为看到蜂鸟鹰蛾而快乐

也会为混乱、恶行而愤怒。

可当人的话，需要以
甲骨文和摩斯密码来传递，
我们会反省，这快乐，这愤怒，
到底意味着什么。

我们不需跳舞传达讯息。
大多能理解历史、政治的虚无。
但我们仍然要像蜜蜂守着它的蜇针一样
守护语言。不为当拯救者
只为了保护比那花园中的蜜蜂
稍稍复杂一点的感受。

2020

给永苹的信

1

我一直在想，浑噩、明显违背理性的生活

为何能如此强有力地占据生命？

只因虚无是固有属性吗？

虚无的消极，确实和时间流逝对应，

个体意志似成唯一锚定了。

那么，它到底要强大到何种程度

才能过上一种纯粹、合乎内心的生活？

于我，现实中振奋和沦落相抵的无力感

总掺杂着对自己软弱的责备。

最近一段特别想到山里住，

可能正因虚无感太强了。

我知道是自己造成的，与处境关系不大，

但同时，到山野间度日的渴望

火苗一样烧灼着我。

我在头条关注了位黑龙江小伙儿。

大海林林场的，有期视频专门拍了他村子。

低矮砖房，雨蚀的木板篱笆，

洇黑的泥土路，一派萧条。

可院子下去，没几步就是翻滚的河！

河谷雾气蒸腾，对岸山苍林翠——

那河、山、树，都是我喜欢的样子

满足了我对独居的全部想象。

院里晾着几架金黄蘑菇，采自深山。

茬口崭新的木柴，码放齐整，

能看出干活的用了番匠心。

类似这样新鲜细节，置身其中，

必将极大地刺激、滋育精神。

相比之下眼前太贫瘠了。

前两年一直想北京周边找个院子，

今年干脆想辞职，到这样山里住下来。

干些体力活，和当地人交往。

养条狗，边牧、伯恩山之类。

几个月单调的猫冬，在读书写作上专注，

会有怎样的事发生？

我知道一定有骨感一面：酷寒，孤独，

不友善，新鲜过后难料的苦恼。

并且，真这样安逸，会不会反而失去动力？

能规划好时间吗？

（心里觉得能，理智告诉我不一定。）

自然，眼下还无法实现，孩子刚初中。

山居的愿望只是未来一个象征。

怎样过后半生，无时无刻不在脑中盘桓，

也是现在最切身的！

太想过一种能充分体验而较少遗憾的生活了。

是，写什么和经历没必然联系，

但更广阔的世界、更丰富的事物还是太吸引了。

那这样的愿望，多大程度上是积极的，

又多大程度是逃避？

这两年我日益确信：

在现有条件下过一种严肃的精神生活，

才是唯一应当追求的。

生活的羁绊、贫乏只是借口。

不就是蹉跎，手机玩太多了吗！

精神不专注，现实没得到有效观察和思考。

渴望住山里，不也缘于未能振奋吗？

最近走在路上，频繁地看月亮。

傍晚的，深夜，上午的——时常出神。

那神秘、微白的天体，有种磁力

指引内心趋向纯洁。

还有那些树。静止，摆动，晨光中，夜色里，

都有扣人心弦的美。

生活的平庸是毁灭性厌倦泥沼。

我们都置身于看似美丽的风景中，

并终将在某一天没顶。

还要赞美那风景吗？

跋涉，是我所能想到的最英勇的人生。

所有东西都将在那沼泽中消失

唯有艺术建造的能自其上矗立——

想想这艺术也是人的创造，

最绝望的宿命也没那么不堪忍受了。

2

关于诗，我们谈过很多。

说起大部分人观念都有道理，

写起来却另一码事。

我在想，这搁自己身上什么样？

最近确实又能写了。

一首好几年反复尝试，但没写完的诗。

每次刚开始，特兴奋，尤其几个月混沌之后。

同时也绝望：心想的表达不出来，

像拿着沙铲要建座城堡的男孩。

这时最易滑走。但只要坚持

就能唤醒比日常感受更强的语言感受力，

章鱼须般，直接触探事物本身

包括那些已忘了的。

一些神秘的发现，

连同期待于这诗的思远远显露。

依然阻碍重重，但有了这就能走下去了。

慢慢把热情锤成句子，

然后是种激荡状态。浑身被美好充盈，

专注于每个词，困难迎刃而解。

最后完成时，是登顶的狂喜。

（过几天会慢慢消退成空虚。）

坚定能有所发现，能以劳动去完成，

这信念对我是写作中最美好之物。

最常遇到的情形，开始写一首新诗，

几乎一切经验都不再有效了，甚至有所牵绊，

因为要写的是全新的东西。

写的过程，重新理解诗歌意味着什么。

（从这点说诗人确实永远是学徒。）

诗写完会逐渐发现不满意处。

就说新写的吧，一些地方可能偷懒了。

有些诗意得来太轻易了，

并不是最尖锐、最攸关的冲突所抵。

虽然缺陷是发现的一部分，

但不诚恳和太随意都会毁掉一首诗。

还是逼着往深处去。

写诗是对生活的矫正，自我教育。

诗写圆滑了，证明精神浮夸。

回想那些对我影响很大的诗人

无不深深烙进我的人生观。

博尔赫斯是我最早读懂的诗人，

青春朦胧发现了更神秘的明晰。

随后希尼让我第一次意识到诗与自我的关系。

诗是认识世界的方式，最切身之物。

雷老师对我冲击很大：他的诗

技艺深思熟虑，也是深刻认识的凝缩。

坚实、精确近乎道德准则。

我学过很多诗人，只有他难得令我绝望。

而对写作来说，最难的才有安慰。

我最爱的毕肖普，神奇如冰山火焰。

冷峻克制和热烈想象力

综合成把日常提升为艺术的能力，

既是很强的压制，也深深令我着迷。

类似的有周伟驰，精致的绚烂，

一直提醒我，诗首先是门艺术

然后才是生活。还有阿赫玛托娃的古典礼仪感，

弗罗斯特捕捉诗意的质朴的机敏，

扎加耶夫斯基文明之眷恋……

这些高级表达范例，都是对世界很高层面的理解，

构成了多年的自我克服和教导。

我喜欢的诗就是这样，写出内心真实，

解除疑惑，使人成长，

痛苦中仍给出安慰和希望。

呈现世界的丰富、神秘和宏大，

把对世界的描绘写成对世界的赞美。

思想强大，正直崇高，对时代有很深的洞察。

我相信时间会对诗歌做价值观筛选。

前几天，北土城公园散步，

见两棵女贞树。真美啊！

冬天难得的翠绿，越看越为其吸引。

特别是那乌黑饱满的果实，沉甸甸的，

成团坠在枝头。阳光下的珍珠。

那一刻，我在树前，仿佛从高处

同时看清了自己荒唐的处境和蕴藏的生机。

而那生命之树结出的甘苦果

诗一样种进了心里。

3

去年读完第五遍追忆。

最近四年四遍，越读越头皮发麻。

太伟大了，写尽了一切。

每个细节都极精彩。

在他书中，我得到了阅读所期待的全部，

甚至更多。他也是我心中

人作为有精神生活的生灵的顶峰。

想写一本学习、理解他的书，

就从《贡布雷》，我心中最伟大的诗开始。

希尔贝特出场的小水帘，

山楂花，鸟鸣，小铃铛，钟楼……

这就是我第一个受教育的地方：

事实呈现得好就是诗。

同时事物的深度是无限的。

现代诗，最大开拓就是诗意范围和呈现

少了许多体裁上的自我限制，

更关注诗意表达，包括强有力的思想。

（似乎很多人并没理解这点。）

普鲁斯特对事实的呈现

是以世界和生命意识相辉映

再造了一个全新的世界，一个全新的人。

第二个教育，普鲁斯特大教堂。

他在最后讲建筑构想。

结构大大加强了他给我的震撼。

结合阅读中发现的那些精妙到极致的设计，

极度复杂极度清晰，

让我更坚信艺术就是高超的智力劳动，

创造是劳动的一部分。

第三个，一些神秘时刻，比如

三棵树，硌脚石，小乐句……生命感受无穷无尽

才是存在最宝贵的证据。

重要的从不是外部世界，内心才是一切。

第四是论艺术。他写了一作家，一音乐家，

还有一画家。议论都极精彩。

只有结合具体，艺术论才更易形成总体性反思。

他对艺术的理解，完全来自亲身思考

这对我反省并健全认识启发很大。

第五是语言。我们终其一生都在学造句。

艰难求索，没有止境。

而他提供了极精准、丰富的模板。

在他语言中，我感受到的，除了才华

还是高度的专注。心不真实，句子难精确。

第六，思想的宏大。第七卷的觉悟

波澜壮阔，有生以来最激动的阅读体验。

比起这些一流小说家

（普鲁斯特、陀思妥耶夫斯基、托尔斯泰）

现代诗歌，哪怕大诗人，也显得分量轻了。

现代艺术常让人觉得只是勇敢的局部。

全心求索着人该如何生活

人和世界的关系这样的根本问题，

他们小说中伟大的诗意，诗歌确实很难做到。

（但这也意味着诗歌还有更大的可能。）

第七，艺术性真的就是全部。

举例说，论作品细节，莱蒙特也特别丰富，

差在哪？就是艺术强度。

生活本身没有终极震撼力，艺术才有。

在普鲁斯特书中，所有方面都达到了极致，

单单理解也是很难的事。

形式，包括时间线的设计，一旦被发现，

思想，对世界的深入思考，一旦被领悟，

作品就获得极大提升。

现在我觉得读透这书，就等于读了世上一半的书。

最后一个，让我更热爱生活。

读完普鲁斯特，觉得不管多不如意的事

都是可以忍受的。

他让人确信存在着一种伟大的事业——

精神事业，为此倾注一生是值得的。

因为艺术追求的希望，不只属于自己。

新一年打算接着读。阴沉的一天，

在我和对面楼间，震荡着回忆和想象。

一只斑鸠从窗台起飞，带走它的啼叫。

老树扩展着年轮涟漪。

台灯在木桌照出海湾、高原、气象图……

这些都是时间线上的点。

它们无情地流逝，屋檐下水珠一样。

滴落中凝聚了纷繁映像

和人的意识之光。

4

大风，降温。被风推着回家。

裤腿里小刀趸摸着。严寒让人贪恋室内，

朝九晚五也很难真正感受季节。

可我还是喜欢北方的冬天，

四季分明对我有特别的吸引力。

雪先后下了两场，都不大。

关于雪，最深的记忆还是小时候，

放学后雪越下越猛，拐进我家那趟街

完全无人踩过。柴垛、树冠、门墙，

全都顶着安驯的雪，像来到一个白世界。

我边走边用新棉鞋把厚雪铲起来

看着它们朝前铺散，和不断落下的雪花混为一体。

鞋湿透了，但那柔软、洁白，

完全融化了少年的心。

这几年很奇怪，北京就没什么大雪，

像大自然收回了对光秃秃的冬天的补偿。

气温倒创下新低。挨冻让人刚强

轻视某些烦恼。说起现实，

我们某些方面判断可能会有分歧。

我理解你的愤怒。某种程度上

我钦佩它意味的更高、更绝决的正义。

太多傻帽，拙劣、恶心、野蛮。

有些事，真太扯犊子了。

内心的愤怒太压抑人。

明显的撕裂，没人能置身事外。

大多时候我克制着不去辩论，

虽然这不意味着心中没有对错。

那么，一个作家该如何担起怎样的责任？

个人精神生活与社会身份该如何平衡？

我知道中庸只在更客观地以历史眼光

看待不完美时才有意义。

它也挺侵蚀人的。让人逃避，不自知地庸俗。

现实不完美，激进有时也是种推卸。

过度的中庸和偏激都是虚弱。

乌托邦，本身坏的属性也是一种恶。

在此之中，艺术依然构成对平庸的超越。

个体生命的彰显，不仅在勇敢抗争，

还在通过命名建设更高级的现实

让人意识到更高的存在。

这时代对精神的消耗更恐怖了。

资本这样毫无洞见、满身恶习的力量

掌握了太大的权力。

艺术仍在非常安静地，用一支画笔

一根琴弓表达着自己。

写作是朝失败前进的事业。

对我来说最大的安慰是一些好朋友——

不少我觉得算时代中一流人物，

感受智力和精神的映照。

还有共同的价值观，谦逊、坦率的分享。

友谊最好时不正是一种精神生活吗！

给建祺、小苹果问好。

总感觉冬天还没开始就要结束了。

越冷得厉害，越不由自主意识到和春天的反差

正凸显万物苏醒。

多振奋啊，不久，从一个芽尖开始，

我们将目睹这壮丽的世界

再一次，展示它最绚烂的魔术。

花朵急袭枝头，指引蜜蜂来去。

葱郁殊胜的树呵，在雨中沉静欣喜。

每片闪亮的叶子，都让人相信生命本质虚无

亦拥有不容争辩的幸福的含义。

2021

白　光

——赠彩云

每次碰他当街干活

赶紧捂上眼睛。侧目，绕行，

从指缝瞥见铁花，刺刺喷射中飞溅。

后来，路遇许多焊工。

跟他差不多，木讷寡言，

蹲乙炔罐边，一次次扣下焊枪。

透过面罩上深色玻片

盯视蓝芯火焰舔过，

钢铁在创口愈合中熔为一体。

没人在意那股旁若无人的专注劲儿

如何灼软至硬之物，

熔化焊条，滴进小孔。

还有玄奥的原子变化，简单构件

创造出崭新的样式——

那炽烈的白光，令人目盲。

2019

逆流而上

1

轻轻震颤，几乎不被觉察，
它脱离了并舷停靠的"世纪辉煌"号
慢慢向江心开动。
船尾拖甩出海边常见那种层叠波浪，
船头犁开泥浊江水，回涌后
于两侧发出噼啪撞击。
当一声迟来的、短促的汽笛扬起，
它已稳稳置于右侧航道
把那坚实的大坝抛在身后，
毫不迟疑地，朝着西方蔓燃的层云下
森耸的黑色群山驶去。

而此刻，灯火通明的宴会厅，
船长制服笔挺，正操练职业性微笑
挨桌碰杯合影。年轻侍应生
小心翼翼又笨拙，陷在

菜没放下又接过空盘的尴尬。

人们多欢乐啊，呼噪着、畅饮着，

尽情享受假日气氛。

大部分不曾朝窗外看一眼，

也未留意从甲板望去

两岸灯点越来越稀少，

山势越来越险峻。

随夜色加深，山影愈发浓重。

细处难辨，只有黝黑轮廓更趋醒目。

半山腰潜匿的公路被车灯串起

扎入隧道之中。火烧云已熄灭

在天边成墨块被水晕染。

拍溅声中，突然，荡起急促细碎的鸟鸣。

是它吗？白的，船灯照亮的江面上，

像种水鸟，也可能是块塑料。

那叫声细辨仍在，一时真切不容怀疑

一时飘忽恍如幻听。

整条江像峡谷中越积越稠的黑暗

在绵延山岭间奔腾。

五小时后，一天中至暗时刻。

黑夜笼罩一切，只有高高的山顶

闪着另一侧闪电。

庞大魅影夹住江流，随时要猛扑下来。

这艘大船成了最渺小那个。

猝然间，你感到它加速，

仿佛因惊惧得到新的力量。

低声轰鸣，推波逐浪，奇特的眩晕。

它载我们来到陌生大山深处，

为冷漠和幽暗所环抱。

而星光太细微，如爱一般

只能让我们辨清彼此。

最亮那颗在西天缓慢上升

牵引船于浩寂中向前行驶。

2

正午时分。驶入巫峡

两岸高峰夹峙，由深入浅道道叠加。

每一道，先是远处模糊轮廓线

不断趋近中渐成立体，

最终，自两侧峭拔挺起：

蓄水线下裸露如船舷齐整

其上小树倔强地抓着缝隙。

山腰植被茂密，崖壁雨浸日染。

再往上，峰刃直插缭绕的雾气。

云急剧变化。轻烟积成团块，颜色加深。

正前方，灰白水母云低垂丝絮，

再靠近呈翻腾浓雾状——

于是，我们眼睁睁闯入大雨之中。

顷刻间风雨飘摇，猛烈泼洒。

视野全部湮没。

雨柱划着整齐的斜线

在江面绽开朵朵白花。

两岸青山，隔了一万卷珠帘

只剩黄绿底色。回头看墙上那幅抽象画：

狂野的线条，鲜红、草绿大块混合，

黑色、蓝色、棕色和靛青

彼此吞噬，每一颜色都力图

从凌乱中挣脱出来，

它们包含同等的绝望和生机。

我们也常落入这样困境，慌虑不知所措。

但此时连绵的大雨，有力的声音让我平静。

连续航行也带来平静。

雨势转小，淅淅沥沥、迷迷蒙蒙中

回到五层前甲板，

目睹了一次瞿塘峡的诞生。

江流更窄，更浑浊了，显得更乖戾。

山也更雄阔。崖壁开合

不断打开新的景。聚散的云雾之上

傲伟峰峦让我持续咽下惊奇。

那些山纷至沓来，但每一座只看几眼

就永久遁出视线。一只灰色大鸟

从容鼓翼自两峰间滑过

消失在一片空谷。

山留在原处，河往后流，船向前行。

船向前，分开河流，山向后退。

有时我们辨不清所在

被时间裹挟不知退进。

但好像总能自原点重新开始

将这世界当第一次看见来审视：

我想起昨晚，游船停靠巴东，

微曦中醒来。宁静的山城，平缓的水波。

时间好似停止。

消弭一切的黑暗正被光线澄清，

事物重获自身，领受清晨的启示。

3

船驶近，它们飞出巨洞

在轻云缠绕的峰顶翔集成另一片云。

唧唧啾啾的童稚歌

久久不散。

海鸟的后代。

在内陆忘记了迁徙的习性，

用短嘴在溶洞顶筑窝，

一代代，守着缓慢生长的钟乳石。

当人们从溪边迁上山顶

住得比悬棺更高，

它们目睹河水陡涨五十米。

与世隔绝的生活，自我循环的爱。
时代激流中成规与裂变。
最后的纤夫变成表演项目，
而新一代土家姑娘
当上导游，笑盈盈推销茶叶和图书。

正午，船夫们结束四十块钱劳碌
划"豌豆荚"回家，
它们再次飞出
在江流上空盘旋、啼叫。

封闭之地，成千上万只金丝燕。
一日日生活盛宴之歌。

4

西天，砚青云层上，长庚初现。
北面直立黑魆魆巨大崖影。

南面稍低，镶嵌散碎灯火。

山脊线上，数十颗亮星忽忽闪闪——

蓄势的人马座。

南天分外明亮。

这时，正天顶的羊群

四下散入夜岭。一整面闪耀的星空

架在峡江之上。

北斗归位，天狼夺目，银河沸涌。

细看每颗亮星，都不甘示弱

用力闪烁变得更亮，

那些针尖大的星也都竭力呼应

被一个个星座勾连。璀璨穹顶越压越低，

映照着船头的我

还有世上其他正凝望它的人。

长久盯视，星空不断变形。

所有星星都快速坠落，反复定格。

慢慢地，我看到了星星的立体之山

星空的幽深之海。

船驶入乌云下，北半天星星隐没了。

一道火流星，从西南方闯入

巨大火球瞬间燃尽。

我有些不敢相信！

起身看，竟没人注意到。

人们低着头，织着轻柔的声音之网。

又一小流星，划出更长一道。

持久的岑寂，长久的凝视。

某种浩瀚涌入，内心升起。

在互相趋近中，燃起最强烈的渴望。

关于生命，自我。

我想起过去四十年

经历了何种黑暗与光亮，

如何在体制与轨道上运行，受制强大惯性。

想起生活中那些艰难时刻。

不惑之年重读《追忆似水年华》，

为逐渐失去的记忆感伤，

跌入浑噩太久真的有些惶惑。

这是我的选择，我并不后悔。

这夜晚我再次明白了

我们能抓住的唯有生之渴望。

一直这么躺着，想这一切，

穿行在星空下。薄云、群山、天顶，

所有阴影都成底色。

耀目的星图让内心激颤不已。

星星疯狂起舞，

星星点着蜡烛。

身后演艺厅安静下来。

撞落在窗台，两只知了和一只蝗虫

陷入困境。而吧台那姑娘

终得片刻，对着玻璃墙

将头发捋上挂银星星的耳朵。

5

江水粼光闪烁，向后流去。

山脊线起起伏伏向后位移

带走树的队列。而山顶的流云

向前飞驰。它被风推动

比船更快，盯久了像船在倒开。

一连四昼夜，这扇窗

框住每幅变化中的风景：或陡或缓的山坡，

梯田，黑瓦白墙的房子，错落的小城。

鸟群，小瀑布，一面面绝壁。

树，云。傍晚的树，黎明的云。

傍晚的云，黎明的树。

烈日焦涂的彩色油画，夜的黑白素描。

连续的景色，拉长的时间

让我趁机细细体察已失去太久的

自然感受。风雨加身。

太阳每日运转。它在说：

我才是一日始终，劳动和休息的基准。

现在，当它再次从山岭升起

我知道新一天开始了。

船尾浑黄江面因逆光镀上亚银

接着被朝霞染成釉红。

回首望去，是漫长来路。

丘陵地带，航道更显开阔，船再次加速。

经整夜航行，对最后旅程

似乎更笃定。一艘拖船发出

柴油马达特有的嘟嘟声，错身驶过。

岸上男人赤裸上身，站在岩石上

顺流推动开口极大的抄网，再高高举起。

他们身后，通向挂壁小屋的山径上

两个小孩拎着桶赛跑。

更多牲畜和田野的味道。

村镇密集起来。

一条蛇在岸边直挺着晒暖儿。

水中黑甲虫，死死抓着木板方舟。

枯枝集聚成片，油污为急流中一方方

奇异的平坦涂上了虹彩。

欢快的逆时针小漩涡

和淘气的顺时针小漩涡，

表盘大小，遍布江中，

像秒针催赶时间耗尽自身。

滔滔江水向前翻滚，亦横向运动，

冲撞着，推挤着，缠绕着，

时起时伏，无始无终。

2018

选自《世界的创立》（2022）

积 菜

剥去蔫叶，鲜挺的白帮儿。
一棵棵洗净，从缸底
层层码放。清水注入后
石头压顶，绿裙边波浪
止于黑暗之中。

冬天，这缸稳立穿堂屋，
一层浊冰盖住浑圆肚腹。
盐水浸泡，石头压榨，
叶沤软颜色转淡，
脉筋儿凸出来：变化完成。

然后，等待着，一只手探入
抓住它的根茎。哦那水冰凉刺骨
上腭也一激灵——
积酵而来的酸提前抵达
如知识先于感觉诞生。

2019

人间烟火

他站在炕坑，接过块块土坯。
对准灶膛，选准位置
示范如何筑底，往上搭花儿。
爹一边打下手，一边听他传手艺。
十个人十个搭法，各有各理儿。
这儿要留口儿，火往两边引，
省得炕头太热，燎糊炕席。
气道呢，要通畅，要不就倒烟。
也得让它多拐弯，好全炕热均匀。

迅速一垛垛垒起来，
彼此搭住，连成一体。
最后在略低于炕沿处平铺一层，
把那些精巧的巷道
完全封住。抹好泥，光滑平整。
放心烧吧，敞亮着呢，跑火车都行
保你两年烟都不冒。
搭一回你也就会了，咱村最好的炕。

确实是最好的，不冒烟，

热得快，凉得慢——顶呱呱好手艺。

两年后重搭，爹果然没叫任何人。

妈说你到底会不会，

他说那有何难。

闷头大干。我们一边递坯

一边看他蛮有把握地

让它们各就各位。实际上

从此他都没叫过人，就一个人搭。

于是，只要烧炕或添火做饭的日子

我家屋里就烟雾缭绕。

2018

治疗之露

红眼兔子，火燎般肿痛。
最难受是清早，眼皮黏在一起，
要强忍着疼，使好大劲儿
才能扒开道缝。

去东坑，露水冲冲。她在灶台说。
茂密的蓖麻丛，"老娘子"踞在茎头，
还没打开纺线的翅膀，
硕大掌叶刚洗过一样。

指尖捏住一角
往下一拉，收纳了晨昏变幻的珍珠
就滚入手心。
双手掬起，清洗眼睛。

哦这世上清凉之物，
立即让人平静。回家不由跑起来，
不为那或有或无的疗效，

而为某种治愈之希望。

2019

二十一日

——给永苹

1. 第一日

一枚挨一枚，轻轻码上木架

垫着稻草席的隔板。

白壳的、红壳的，亮晃晃，

很快，一层层满满当当。

拉下门帘，预先烧热的温度

将它们紧紧抱住。

恒温、恒湿，全靠那两座炉子

和一圈火墙来控制。

一泼水，嗤啦啦，冷与热之歌。

升腾的烟雾，晦暗灯光中

蛋平躺如发烧的鹅卵石。

每隔几个钟点，要进入那闷热屋子，

伸长胳膊贴住它们

横向移动。翻滚着轻磕

沙沙的梦中低语。

他们小心翼翼，从始至终

把每一枚当活物来呵护。

似乎那无时不在发生的变化

每次触碰皆能感知。

2.第六日

最神奇的装置，民间物理学：

一只大瓦数灯泡，悬吊在

密闭的纸壳箱中。侧面开一圆孔

刚够蛋被卡住。

瞬间，整只蛋照得通亮。

瞪大眼睛寻找——

经几天孕育，象征生命的小血点

在澄黄中凝聚。

一排排撤下来，捏在手心，

安放好，自那光之孔检验。

熟练的流水作业。

白蛋放一边，它们

已然尽失光彩。

而另一边，外形一样却更富生气。

这些色蛋会再次上架，

神奇的小红点，遨游于蛋壳内

完美小宇宙——

我们该一生知善恶

为曾如此真切窥视生命之源。

3. 第十三日

仍是那具魔法箱。前次被判定的

再次置于那道光中，

温热、半透明。

那血点变大了并拖着尾巴

蝌蚪一样游动。

而另一些，完全不动，凝固的斑点。

死去了——任何温度的失衡、
都会带来灾祸。
照例，这些二照蛋
会被低价买走，
码在缸中，腌出那种蛋黄泥黑
臭味独特的咸鸡蛋。

安然无恙的，重返温床，
刚上去摇摇摆摆，不愿平静下来。
就像里面有股强大的冲动
想要弄清楚
自己到底是什么。
然后加快变形，从胚胎中
长出骨骼、羽毛。变硬的蛋黄
正是它的身体。

4.第二十一日

哒哒，哒哒。它们
蜷缩着腿颈，在束缚中倾听

本能的命令，然后是

彼此的呼唤，最初的力量练习。

哒哒，哒哒——破壳而出。

第一只小鸡，拍打着

棉垫似的小翅膀，啄碎蛋片。

湿漉漉绒毛迅速变干。

第二只，第三只。

乌攘攘一片，色彩斑斓：

红的，白的，灰的，褐的。

还有漂亮的三道红，好斗的纯黑色，

奇异的秃脖颈……

所有这些小小歌手

都在颤巍巍地喳喳喧叫

加入越来越高亢的合唱中。

倾尽全力分享生之喜悦

全然不知何为苦痛。

2018

驯 服

——给李建军

你来。

三舅去喝水他把缰绳递我。

我捏住，小心翼翼回头。

这货，有名的暴脾气，我可驾驭不了。

它也感到了，一副凶相，

亮出白晃晃槽牙，喷着沫往前闯。

我直往后缩。

但不能放手，因为那太丢人了。

于是不像我牵着它

倒像被它撵着。

脚步狼狈，带歪了垄沟。

爹把犁扶正，"吁"一声让它站住。

抽它！我照做了。

拿缰绳头打那长脸。

它甩着头，要反抗的样子

终究还是低下头去。

然后特顺利就完成了一趟往返。

"不能怕它。

镇住它，它就怕你。"

我知道。要想在那种生活如鱼得水，

必得先制服每样东西——

但我从未学会他那种强硬。

而今我在另外处境

努力驯服着内心更凶猛的野兽

只为那犁铧不偏出。

2018

水中路

跨立河中，俯身于
闪烁的清澈之上。新生小鱼
逆上来，悬停瓶口
窥视锚定于流水中
那方静止，含着
颗颗米粒珍珠。

一直守着，随时准备伸手
把平躺的钓瓶拽出。
冰凉爬过膝盖。趾头
用力收缩，小石子更深地
硌进脚底板。
压伏的水草，就在脚面
拂过来呀，拂过去。
透亮的水打两腿间微微拱起
一缕缕交缠，泯于深处。

哦那温煦的上午，六月。
鲜活的感知，游移、倏忽——
历久弥新。在记忆之罐旁
接受着引诱，又置身在
那日夜不歇的淙淙水流。

2

一端是村子，一端是田野。
枯水时它隔断河，涨水时
被河隔断。

大暴雨时，泥浊激流会把它
牢牢摁在水底。妈小时
带二舅抄近路，差点被冲走。

而大多时候河与路就交叉在那儿
相安无事。水像路上一架桥
路像水底一道坝。

成团的蛙卵，阻在那儿孵化。

一只只小眼睛，黑眼仁和灰眼仁

越瞪越大，最后使劲儿眯那么一下

挣出来——带着小尾巴

遁入浮萍下。再次睁开

已在深水的世界。

有次是只鼓胀的猪仔卡在那儿。

发臭，腐烂。钉满苍蝇

如一座饕餮山。

一旦分解，又变回新鲜的活水。

越过那沉浸、冥想的路，

变清、变急——欢脱如含情少女。

3

说是小桥子，实则一溜青石板。

空隙几乎漫平。

既是桥也是界标。

过去就袁家坟，高高的玉米地

拍小孩儿的花子在游荡。

禁止深入。于是我们

就在那儿跳来跳去。

七块石板，八步过河

再八步跳回来。

有时会各踞一块。

手握木棍，向后猛划，

泼溅向彼此。火热的独木舟竞赛

水光与天光旋转。

玩到兴头，干脆趴上石板

四肢微微上抬，贴着水面飞行——

水从耳畔哗哗流走

两岸朝后飞掠，遍开菱角花的河面

倾泻过来，整个世界

都以全新的方式被打开。

4

用不着！没事！之后干脆不搭腔。

高声吆喝着，把鞭子

甩骡子身上。

绝不会绕路，哪怕水再大。

以故作镇定的"驾——驾——驾"来倾吐

小小危险的欢快。

骡子的细腿啪啪楔进水中。

摇摇晃晃的棒秸垛

一艘快没舷的渡船。垛顶的人

死死薅住，两边好似深渊。

转眼已猛冲上岸，大车轱辘湿印

镂在浮土，滴落的水珠

一闪即灭。

搅起的泥沙很快被冲走

澄澈重新占据那条水中路。

我跟在后面，拎着暖壶

从淹没的石板边踏入。

斜来的冲击，让每一步

都被陌生的强劲所充实。

河水在身体里摇晃。

那双脚，愉悦地呼应着河床的磁力，

不断拔起，再稳稳踩下。

2020

潜入水中

像只小斧头，柔韧的白足
驮着微微张开的黑房子——
阴暗立面上暗红条纹
由壳顶呈同心圆层层扩展
细处闪烁云母片光亮。
而水波投下的亮线的金网
抖动着，缠绕着它。

小鱼用嘴去啜，触电似地弹开。
水泡从两边如礼花弹升起。
它不为所动，也无视我们观察
一毫米一毫米向前挪动
沙床拖出细道儿。

我们浮出，再次潜入。
它还在那段看似永远走不完的
小小路程上。有人把手指伸过去
它像感觉到了，停了一会儿

锋利的壳微微合拢。

然后极其迟钝地

再次敞开，让水穿过蚌壳屋。

那条线一点点延伸。

好一会儿又来看时，已到澡坑边缘。

我们看着它越过了那道界限

从白沙进入松软的黑泥床——

水藻<u>丛</u>生，水虫横行，从未被探索。

它融入其间

斑斓之壳随即黯淡下来。

2018

榨油坊

饥渴症患者，蹦迪一样
轰隆隆乱抖的铁家伙，
以洋铁皮大嘴吞下
粉长生果。

旋转的利齿咀嚼，
乳白碎屑
漏出后铲进
酝酿香味的炒炉。

半小时后，已到榨机之中。
绝对力量令其分离——
一侧出饼口，块块层叠，
带着锆石光彩。

另一侧，油沥出来。滤一遍，
这小黑屋所酿之蜜，
即可舀出。凝滞、清亮，

铜条般坠入桶口。

2021

小艺术家和他的涂鸦屋

——给辛鹏和红云

一座房子，在村北头。

每日吞进呼呼的火再把烟吐到天上。

管它雪呀雨呀，凶恶的风啊，

辽阔世界上的小堡垒。

也是第一道边界。

他蹒跚学步，跨出去，四下探索。

而心灵仍寄居其间

保持着孩子的沉默。

事情就这样发生了。

那天他看中了屋里的白墙。

脑子里的小兵人，争先恐后要跑出来。

蜡笔头正是那枚钥匙！

持刀的，执枪的，

一场完整的战斗。

完事他意识到可能闯了祸

可父母回来什么都没说。

从此他爱上了这几面墙

他的小西斯廷。

铅笔，圆珠笔，萤火石。

父亲甚至给他带回一盒彩粉笔。

导弹，坦克，飞机——在够得着的地方

扩展着童年视域。

几种植物，几种动物。

然后，星星和月亮。

一个初级形态的宇宙，却有着

更多的神奇魔法：子弹的蓝色轨迹，

比彩虹还艳丽的云，

城墙之上的海浪和战船，

无叶却永艳的花。

而最高处一巨孩儿，正快活地撒尿。

长长的水滴弧线飞过半面墙

落入下边小罐子。

都在打仗。天天画，画不够。

每当亲戚来，母亲如此介绍。

那个？在尿尿。带点儿骄傲地补充：

能耐不？还画个尿罐！

来客则无一例外：是不是你啊！

不是。他会跑开。跑出那栋房子。

他们一家，不，他们的房子

在时光中奔跑。墙黑了，画模糊了。

当它来到新时代，四面拔起的新房

令其囿于幽暗。褪色的星星月亮

照不亮它。但它们

也不会就那样消失：因为镶嵌着

一位小艺术家斑斓的白日梦。

房子拆掉时，那些小天体都碎裂了

埋进了新地基。

没什么好说的了。是的，那就是

黑暗中幸福的眼泪。

2020

地上的字

——纪念李惠芬老师

1

槐荫下，她
刮去浮土。
平整、发黄的湿地上
树枝开始书写。

一笔一笔，神奇的字
成形。
上中下，人口手，
她念出来。
然后，用手掌涂掉，
写下一个。

潮湿的写字板。
那些笔画划进土里
在心中被复写。

并将在未来

长出完整对应之物。

2

园角菜，名反枝苋。

在白薯地赛跑，莱尖儿，喂猪和鸡。

胡胡苍儿，是苍耳。

一身小狼牙棒，想象中的敌兵，

被少林棍成片扫倒。

甜粒秧，竟叫龙葵！

那紫色小浆果

立马差了味道。

不知名的小黄花，有这样名字：

尖裂假还阳参。

而牛筋草、白羊草和鹅观草，

一概视为杂草。

读一本野花手册。把这些学名

对应到那些熟悉植物。

就像不是重新认识，而是命名它们——

以叶、花、果的特性。

名字又反过来

赋予它们双重灵魂：

一重在时间中，载记忆穿梭；

一重在知识谱系，

将乡土拓展为世界。

发同一株芽，结同一粒籽。

3

从地里薅出来——根须

紧拉它们，

摆脱地的撕扯。

另一些困在土中

被遗忘。

而收获，经几道工序

与壳剥离，

粉红色薄皮果实

在簸箕上

跳动着——

被繁衍、更新的词。

埋下去时，不知变成哪样。

比如我们写爱，有时

会写成忍受的"受"。

最终长出的

却是数倍的"爱"。

亦如地上那些最初的字，

三十年后

长成了一种新语言——

我自己的声音。

4

在海滩，用贝壳

拼一颗心。然后留在那儿

被陌生人的小德牧

好奇刨毁。

水杉树下，用断枝写

"11棵"。

紧接着来锻炼的中年

用脚擦除。

是的，这一切终将毫无痕迹地消逝。

但如同所有那些感伤，

人自从落在地上

便在不停地写。

浮土抹去，树枝划动——

尘归尘，土归土。

2021

漫　游

铁轨的窄镜幽蓝。

枕木斑驳，暑热中微微震颤。

然后是一阵

夹着蜜蜂和煤末的风——

黑煤斗、油罐和摞起的原木

在欢脱轮子上飞驰，

消失在"咔嗒嗒"渐弱尾音中。

那男孩重回无目的的漫游

脚蹚着落满煤灰的草叶，

一簇簇蛇帽子蘑菇。

天真的眼睛，搜寻亮闪闪礼物。

烟盒、瓶盖，集物癖的地理学——

汉口、北京、哈尔滨、兰州。

绿皮慢车，总那几样。

红皮、蓝皮快车带来新玩意儿

揣回家，生出奇梦。

村北一里，京哈线。
每过一阵子，就来收集一遍。
铁轨向远处伸延——火车来来往往，
贯穿着世界的回声。

2020

鸟儿在高处

绝对的美，绝对的自由。
窥见已惊心动魄。
当它自蹲伏的树桩展翅
便成神秘之阐释。

它与村庄
不属同一世界。
这里漠视一切无用之物
容不得过度绚烂。

我一直追着它
从一棵树到另一棵。
它从容起落，像嘲笑我的笨拙——
泥丸因激动偏了太多。

最后它轻轻一跃，在河埝东
攀着风梯直向高空。
目力尽头的黑点如旋涡，

世界被它鸣叫所统摄。

2018

边　界

1

乱石岗儿——扔死孩子的地方。
不能埋，下一个好养活。
野狗就叼着乱跑——

童年时代，我一度将其想象成
两个世界间一处飞地。
她从没说这地方是哪儿
但我觉得就是这里——

铁道北自留地尽头，一条界河。
既是村界，也是县界，
平时罕有人至。

站上河岸，不由自主地发抖。
关于死亡的模糊恐惧。
一点点疑惑，为如此寻常。

还有一种被压制的渴望：

这里是我活动的边界。
过这条河，是神秘的北方。

2

蚂蚱乐园，蟾蜍和蛇影。
穿过野蒿的气味工厂，下到河边。

浑浊的水面，泛滥的圆点绿藻
和细长柳叶信笔涂染。

酷热之船张起明亮的光帆
伴着心中不安小鼓点。

这里树歪斜，凌乱，
像大风过后再没恢复原状。

这里蝉更绿、更魅，翅膀更长，

所钻出的土中，有更多小骸骨。

这一切都构成无形的阻隔，

提醒我：不可越过，不可越过。

3

一连多年，我总是在灿烂的梦中

深入北方山区。车轮

按捺不住陌生路上的喜悦。

快到时，丢失了目的地

行程变成历险。对耸的竖崖下

那是我吗，一个继承了他营生的青年

寻找着那座隐于深山

他曾卖掉很多鸡仔的村子？

整个梦境，简洁变形再造了地貌。

开辟路，摆布山。

时空中瞬移，把不同场景

无缝拼接。迷失，探寻——

推动着那世界不断扩展。

艰难回返，那些路总是凭空断绝，

那些人无忧无虑，没有影子。

直至意识到那是并不存在的地方。

梦幻般的感知，仍穿透幽暗

抵达清醒。在全新语言中

重构，并对边界本身加以界定。

4

一个可安全站立的半圆

引出不断扩大的圆圈。从那儿出发

躲避攻击，拼命跑

冲到安全的空地上。

可以想象它无限延展下去，

超过一个操场、一个县、一个省，

再到整个边境线上。个人版图不断扩张

而内心领地却在缩小

留下的都是与生俱来之物。

刚刚成功闯关，又踏上反向之途。

迈进去，把自己置于

环形通道的险境。踩线，出局。

跨道，出局。击中，出局。

如果接住那个沙包

把它远远掷出——飞奔

在那界限之内，又马上要冲破它——

以回归的方式！

弥补一半完美的缺憾。

并获得一次生命，重站上起点。

2020

老桑树

两种爬树方式。一种"猴式"

双手紧扳，两脚蹬住

弓腰快速上攀。

一种"熊式"，全身缠树干上

一点点往上蹭。

那天我们用这两种方式，爬上同一棵树：

水边那棵老桑树。

枝条颤动，满树珍宝。

半生的青里透红，熟的，

呈粉红、暗红，直到黑紫。

一粒粒，在光缕中夺目。

垂涎数日，此刻唾手可得。

心中激荡着狂喜，

和老爷子随时冲出的恐惧。

屋门哐一下。

一声炸雷般的怒吼，他已奔到当院！

猴子和熊都顾不上什么动作

用同一姿势出溜下来，头也不回飞跑。

留下那凶恶的守护神

叉着腰，当街咒骂，

还有那树——娇艳欲滴的桑葚，

一天天，朝地上坠落

点染着它紫色的自画像。

2019

世上的闪电

她拉着我，到那几户挨家找。

路坑坑洼洼，大半夜的，连个人影都没有

排排平房陷在黢黑院子深处。

每到一户，先当街看灯

再后门听动静。

一次又一次敲门，打听。最后找到他——

烟腾腾的炕上，几人杀红了眼

牌摔得梆梆直响。

她站下边，不说话。

他说干完这几把，叫我过去照注。

慢慢碾开，念念有词——

他不是那种老练玩家

抓俩王时安静得是个人都能觉察。

但赶上好牌，出名的浑不怕。

一百分，上一张就行！

连调五轮主，"哗"一摊，大光。

钱揽过来，让我把着。

有时我们来，正赶上他输光了。

让她拿钱。没有。

又被催促，他恼羞成怒，

而一直克制的她也终于爆发。

这时东家就会打圆场，赶紧回吧。

赢了是个好契机，

虽然赢的次数少，但能痛快收手。

往回走他们怄气不说话。

天上闪电反复撕裂黑暗。

一帧一帧，柴垛和围墙因过度曝光

而更漆黑、更模糊。

不管怎样，当大门关上

我如释重负。进屋他把钱全掏炕上

一张张数。先大票，然后零钱

每回赢了都这样，而她假装不关心。

窗外炸雷滚滚。我其实有点怕

那些关于它击中房檐，顺天线窜屋里的传闻。

家里要有不好的东西，

还会绕房梁转圈，直到击中它。

但没有不好的东西，是吧。

他并没做什么坏事。

有一次他把家里所有钱带身上

到半夜全输光了。

最后一把自己坐庄，天津王，赢回一切，

扔牌回了家。

如果输了会怎样呢？可他赢了。

很快他开始打鼾。她没任何声音，

不知睡着了还是生闷气。

雨迟迟不下。当街的大树被摇撼着

晃那么厉害。屋里不断照通亮

然后迅疾没入混溟。

而此刻这房子完整，并不缺少什么——

哪怕闪电在世上愤怒地奔窜。

2018

屋　后

宝银妈递过来。他胳膊前伸，

不自然地托住。

出后门放在老槐树下

然后拿锹掘土。

泥土潮湿、新鲜，堆到旁边。

褐色根须切断

淌着乳白浆汁。

在东北大半年，留她一人在家。

为这头一个孩子他们准备了很多

唯独没准备这样的事。

再往深挖，轻微的腐土味儿。

铲平坑底，切平四壁——

不规整的长方形小坑。

放入，看了一眼，泼土。

遮没后加快速度，像急着一件家务。

转身听到那儿传来动静。

不是哭声，从始至终都没哭一声。

一个完整的人形

刚出温暖母腹，就进冰冷泥土。

他没有回头，寻思

这声音是耳朵生出来的。

这次回来，她说上房硌了一下。

硌不到。他安慰。

但现在他觉得犯了错

不该让她干那么多重活。

没满月，不能扔远，得埋宅子边。

再大一点就得扔沟里

为下一个好养活。

她在屋里闹。他得去告诉她：

脑袋瘪，养不活。

就在树底下。哪一棵？

具体哪棵，他不会告诉她。

这些屋后的树。她每天

扫得干干净净，纳凉做活儿。

此时，老鸹叫过最后一阵
拉长的树荫渗进地下。
盖住半个屋顶的树冠
和村子一块儿变黑白了。

他起身，把土拍平，又坐回门槛。
痛苦刺得整个麻木了。
不会表现出来，就像他保存下来
留给下个孩子那份爱。
关门时他又听到那声音。
不，并没什么声音。
他闩上门，回到亮灯的屋子。

2018

深　井

他们打了一口深井
让人相信它是幸福之源。
围着它，几千人在高塔间日夜劳作，
钻研点石成金的魔法。

它并不从大地索取什么
只将红墨水注入
把幸福不容争辩的涵义
在地下一圈圈扩散。

出现一些怪病。
那些一直住这儿的人选择忍受。
大自然与那深井观念不合
但现在已失宠。

冬天的地，连同过去的理，
对正发生的无能为力。
新一年的野花，会因魔法

开得更艳丽。

他们打了一口深井

让人们相信它是幸福的代价。

他们知道说出这幸福含着毁灭也没关系。

地下谎言的涟漪，一只井盖足以平息。

2020

小鱼贩子

——给志辉

凌晨两点半，天乌黑，
燎焦的狗皮似的。你跟紧老手儿，
摸道儿猛蹬二八大杠，
新加的跨篓让它别别扭扭。
六十多里到小蒲河，正是天要亮不亮。
海浪冷傲地刮着泥滩
蘸水的风把小身子攥紧紧的。

船不靠岸就一拥而上！
管你学生还是啥，谁蛇皮袋扔上去
这船鱼就谁的。
那天运气不差，只是没敢装满。
往回就要各走各了——
卖鱼啦，卖鱼！海边来的新鲜鱼！
你像返回内地的小使者
吆喝遍沿途每个村子。

嗓子冒烟，腿灌铅。

学着大人样儿谈价，拨拉秤砣。

五十的大票从没见过，

一激动忘了接，却找了零。

最大最漂亮的鱼，不断被挑走。

价也一路往下掉。

傍黑儿到家门口，数钱。这初中毕业

踅摸生计的头一天，

已可衡量：赚了二十五元。

还有篓底十多斤小杂鱼——

你为全家带来的头一顿晚餐。

2021

祭祀之麻

七月十五，头一年的新坟要栽两棵。
最差的口粮，最差的布，
但有衣有食。
让他们借叶子之眼看亲人的脸，
剥开果实的灯盏
清数并咀嚼苦涩。

有钱的吃沙果，没钱的吃麻果。
要麻果都吃不到
他们会回到村口
在红皮麻杆丛穿荡、痛哭。
那哭声挺瘆人的，全村都听得见，
亲人中间最大。

可若还不消气，他们会闯进来吗？
我家的房子
原是一片麻果地。

2018

小田星

他在那颗小星球长大。
河塘间奔跑，爬上高高的树，
尝每种野果。用上辈儿的语言，
辨识动物、植物，
学习微缩的星球史。

在那儿天赋随季节馈赠，
劳动和社交如自转般简单。
族群间的情谊
像同圈的羊群，
连争斗也带有淳朴的气息。

那一颗微小的故乡星。
在他的望远镜中
缠着浪漫的光环。
表面被古老大气压得光滑，
事物几乎全是当年样子。

他写关于它的回忆。

和父母保持着例行的联络。

他们说，很好。

以上个时代的良心面对

宇宙的变化。

当他探家并自那儿返回，

送飞船的目光，是支支心头之箭。

是，他离开是为了在远处

消化这种自私的爱。

假装脚下的轨道

和这小星球全无交集。

2020

泥　鳅

吃不吃。不吃。
等他们吃完又一道走在河边，
我终于忍不住：还烤吗？

只能下次了。
一路都在后悔。那时我一直那样。
心里想要而嘴上说不。

泥鳅的香味，有人从家带来的
一撮盐面。足以让除我之外
每个人心满意足。

害羞封住了我的嘴。就像
野火中炙烤的泥鳅，
开口对我意味着生死的挣扎。

2022

选举日

大白鲢，硬邦邦的，一条条
铅脊镶在铝块儿肚腹
闪着金属光泽。被从三马子后斗，
挨家送到灶台。
"请大伙儿吃鱼喽！"
放菜板上，挨着刚收的细粉。

在这里，拒绝意味着轻视，
绝不可能发生。
哪一方的都要客客气气收下
还要同等真诚。

至于选谁，那也明明白白——
两条鱼比一捆粉更贵。
于是，在进大队部之前
他们放下裤腿，扭正帽子，
已决定

为鱼投上一票。

2021

东坑纪事

1

一天，老五宣布
池塘他承包了。许多事开始被禁止：
游泳，钓鱼，放鸭子。
哪怕岸边闲逛，也多了层嫌疑。
确实放了些鱼苗，草根、白鲢，
拇指大的锦鲤。
这些漂亮的小玩意儿，毫无戒心地
在水草丛游弋，给野坑带来梦幻气息。

但它们水土不服，两三年后
就又剩麦穗和鲫鱼。
而老五，仍视作自家地盘，
常常从后门冲出来，一声尖喝
让玩水的孩子闻风丧胆。
我和志广，曾因围一平尺小坑
被追出二里地。

终于有一次，来了个找乐的硬茬子。

大摇大摆拎着渔网，

歪扭的网口，带着醉意

欻欻罩上水面。老五

不负众望出来，照例一顿咋呼。

可这回人家根本不鸟他。

于是那干瘦的霸主，骂咧咧地蹭了过来，

薅住网就往怀里拽。

那壮汉丝毫也没惯着他

抄了根胳膊粗大树棍，

直接把他戳倒在水中。

而我们，看着那不可一世的爷们儿

落汤鸡的滑稽样，强忍着开心，

震惊中领悟了政治学重要一课。

2

还是东坑被霸那几年。

村里兴起拉磨，每天清早

发酵池排出的酸水，从当街

吐着泡沫滚入池塘。

先是虾，水藻，然后是鱼

浮上水面发臭。

老五也没辙，只得在塘面最窄处

填了道沙坝。自此

北塘浑黑，南塘清澈。

那天翻白薯回来，到两塘之间

已蒙蒙黑。有人说，把坝掘开？

邪恶的提议，但真诱人。

于是最大的带头，锹头翻飞，

飞快掘出一道豁子。

黏稠的黑水，就咽着沙块闯入清水，

释放灰色烟雾。

我拎东西跑回了家，带着

对池塘统治者的小小报复

以及混含兴奋的隐隐后怕。

注定是个多梦的夜晚。

第二天罕见早起，悄摸儿去看。

鱼并未满塘翻肚儿。

有人及时重填了那道分界

使最后的清水多存了数年。

3

我从来不怎么会钓鱼，又极向往。

有次也真是神了，

小阴雨，在南塘，我举根简陋鱼竿

藏在柳柯子豁口。

钩一甩下去，圆珠笔芯浮漂

就斜钉进水中。

手一抬，就是条鲫板儿。

几秒一条。好像着了魔一样

鱼儿不断吞下小面团，被拽上来。

落进小桶，一锭锭小银梭

挤碰着闪烁。

雨丝不觉间变密，村子一片迷蒙。

冰凉的水珠，浸透了背心，

淌进后脊，可浇不灭

那小小的狂喜——

无视那洋蜡燎红后掰弯的缝衣针

扎破拇指，痴迷于甩出

再拉起的动作——

为不被占塘者发现的僭越，

也为新鲜知识之获取。

4

嘎嘎叫着冲下坡

一头扎进圆藻染绿的水中，

浮出来，仰脖晃脑袋。

不像在抓鱼，倒像先筛两口泥

过过瘾。憋了蛋的

进水就挤出来。

早起遛一圈，常有拾获。

这群快活的家伙，就爱泡在那儿。

傍黑排队回家，

活像混子又磨一天洋工。

有时到点不上岸，挨一顿土坷垃。

有时趁不备闯进花生地

铲个一片狼藉。

大喇叭第二天会广播：

谁谁地里下了药，

看好自家的鸭子！

但常常发现时已晚。要是自留地

就认倒霉。要开荒地，

就会拎着脖子找过去，

指鼻梁一顿数落：

是你家地吗？好好的给毒死！

伺候这么大，刚开始下蛋！

死鸭就在手上晃荡，

像跟着抗议。

5

干旱的夏天，池塘变浅，被太阳

炙到烫脚。那些大鱼

挨不住，或是得了啥病，成群飘起来。

白花花的鱼肚，在死寂中

赤裸裸引诱。

只有傻子能光明正大地走进去，

捡起来，夹胳膊下。

水把裤子拥到屁股蛋上。

老五也拿他没招儿，

当我们在岸上起哄，他会大声还句脏话。

倒不耽误事，一条又一条

塞进胳膊弯，又不断从身后

掉回水中。

那阵子，他家天天熬鱼。

之后，你能想象吗？东坑竟在几年间

彻底干涸了。泥黑沙底一露

像突然浮现的新大陆，

被各家盯上，就近填土、码墙基。

离得远的，利用耕地延伸定理，

搭勾大队书记，抢占"殖民地"。

自然有人为此打了起来，

苦大仇深那种。直到新房盖好，

那怨恨还在地下，像那些

深埋的鱼，腐烂了，

尖锐的骨头还在扑棱。

2021

蝉　蜕

1

从地下钻出，趁夜色
爬上树干。
停稳。植物般
稚嫩的身体，撑开
背部细缝，倾尽全力
挣出来。
轻抖着两片刚破土的
皱卷新叶。

然后这对翅膀，慢慢平展
贴伏于风吹硬的肢躯。
夜色中完成的蜕变。
起飞，起飞！
把脆皮糖人留在原处。
清早迷蒙的光线
在它头顶读出

暗红花纹。

一种是乐手：打开腹部

盖板下

白色的乐器

开始一夏天卖力的演奏。

一种是哑巴：

把卵产在树枝中

令其枯死。

2

雨后第二天，柳树胡子

结满怪果。

杨树上则排成一溜

像高速上

集体熄了火——

这些地里开出来的小汽车

已被抛弃。

那是味中药。我们举着竹竿

走遍树行，敲下来——

姿态生动，像还存着

一小股气息

抓挠手心。

带回家，等着来收的。

但并没卖出去。

这些沾土的蝉衣。在箩筐

被风抖搂。

而那些哑巴和歌手

在秋天抱着树枝死去。

它们的后代

在落枝中孵化

准备好钻入土中

一次次蜕壳。

3

如今，我们

不得不面对另一种蜕变。

三十年来这村庄

正成为空壳。

它还在那里——

但我们都知道

背上的口子已打开。

一个黑色、莽撞、短视的怪物

释放了出来。

它不满足暗处的生活

要往高处去。

挣脱束缚时，扯动的

细爪和触须

是每个人切肤之痛。

而那僵硬、易碎的壳，看似

保持原样

已禁不住任何敲打。

于是我们看到

白天它是那个乐手

重复着喧闹的现世主义——

就像安静是生命之敌。

晚上它是哑的那只

不说出任何观念。

它种下的在地里孕育。

人们在等待，以几千年的宿命论，

看有什么会长出。

2018

封闭世界

掖一簇簇锈荚飞刀，洋槐树

苫住猪圈和半个当院。

在它繁荫，小臭椿树

和一人来高、结了籽的落藜，

疯长一夏，已显焦炙。

十几种野蒿和杂草，覆盖朽烂大门内

每一寸腐土。

一座乡村植物园，

阴森幽暗的小小禁区。

废弃三十多年，小动物也在此安家。

黄鼠狼，有灵性的大仙儿

占了屋顶长草的正房，

生小黄鼬，修炼人形。

蛇盘踞墙洞，散布流动的

潜意识威慑。

它们的猎物，老鼠和青蛙，更活跃，

像无知且莽撞的小混混

总想逞个大胆儿。

至于蝙蝠、壁虎、蜈蚣、蜘蛛……

都在这食物链占上一环。

自我生发，繁衍。蛮荒的力量，

在人退隐处，开辟了一个新乐园。

雨和雪的幕布开合，每一生命

都本真出演，无人扰乱。

而在昼夜风车的旋转加速度中，

这封闭世界，又如一小黑洞

吞噬了当年一家四口

全部生活的亮光，以自然法则

取代人的准则。其引力

正越过边界，无形地扭曲着方圆。

2021

梨 花

如此耀眼

早春寒意中

绽放

如你率性的笑。

白瓣五枚

脆弱的铠甲

瞻护

点点星蕊——

那柔软睫毛

以羞涩的收束

抵御

贴额的吻。

2

怯生生，白色衣裙
随盛大舞会
开场的柔风
轻摆。

坠入迷醉的
激情之舞。
雨珠中颤抖着
被蜂蝶启蒙。

最后坠落时，死亡旋转。
而爱
藏于原处，
米粒大青果长出。

3

螳螂武士
举双刀出世。
错过了
那场盛会。

在同一根枝条上
守着果子。
和哨音般
锐利的芽。

时常出神似的
扬臂，前扑——
像要把消失的少女
紧紧抱住。

2021

齿

上牙扔进墙洞
下牙抛上房顶。
指尖按压、磨拭新生的
稳固的齿尖。
为终于甩掉松动的不适
如释重负——
一颗牙的重量。

一年一年，一颗颗脱落。
在水道口巴掌大阴影
被排出的雨水冲刷
在土里扎根。
那是咽肚子的话。
在洋灰屋顶经受风日，
被鸟儿衔走。
那是飘空中的话——
一颗牙的重量。

话是柔软的。它让一切事物

进出头脑

让人与人进入彼此。

一些真话，一些谎言。

前者让我们羞愧

为不合时宜坦露自我。

后者让我们痛心

为无能暴露了软弱。

它们都压在心底——

一颗牙的重量。

话是坚硬的。赋型于

水流和空气的无形。

镶进泥土牙床，紧咬小石子。

嵌进鸟儿嘴里

在风中留痕。

它们比其他骨头更硬

永远是我们的一部分——

成长之痛。

2018

世界的创立

如果你看不到路

那就必须把整个世界装在脑子里。

——《乡归何处》

1. 村庄的创立

他们挑担子过来，走这儿就停下了。

开荒垦地，搭棚垒屋，

让炊烟歪扭扭升起，

抬高野兔迷离的灰眼睛。

精心照料埋下的第一粒种子，

第一只鸡和第一头牛，

用这些喂养

头一个婴孩。

完美如梦里显现之地。

东北方的九龙山和西北方石门山

成犄角拱住这片平野。

两条开满菱角花的河流过，

还有四座池塘

反照每一日天光。

地是最好的。一锹下去

松软的黄褐色肥土——

几乎能感到累积多年的力量，

迫不及待要沿着玉米小麦

向上节节攀升。

他们还种下高粱、豆子、红薯，

及北方不常见的水稻，

然后为这些作物

规划田地，给每一处命名。

沟边地头见缝插针，

用一溜溜荞麦、芝麻装点夏天，

并学会套种和轮作。

他们修路，筑桥，

砌水井，设菜园，平整打谷场，

有了自己的牛马车，

运来石磨和碾盘。

他们栽下桃树、桑树和小苹果树，

学会搓稻草绳、亚麻皮绳，

还在西坑种上芦苇

取叶包粽。

他们生下更多婴儿，盖更多房子。

街道四下扩展，

在日益繁盛的槐荫下

每一姓都变成一个家族。

每一家族都有了坟地。

念叨着先辈旧俗，

教后代识别村里每一事物。

当路修到更远，连接乡、县，

汇入整个平原，他们

恪守这蛋壳般封闭的小世界中

完整的知识，

应付纷繁变迁。

他们从不认为村子会毁灭。

2.家族树

大年初一她梳洗干净，

盘腿坐在炕头等儿孙陆续

挑开厚门帘。

走一波，来一波，

平时安静的小屋呜呜嚷嚷。

谁家媳妇，谁家孩子。

她头脑清醒，挨个解锁新面孔。

整早我都对进去磕头犯怵，

但一起身就解脱

依着炕沿享受过年的喧闹。

一上午当然无法替代一整年孤独。

每次去找小老叔，

翻墙落在窗外樱桃树边，

都会朝里看几眼。

我知道她在那儿，一人坐着打盹。

他走之后，她是家族的中心，

孩子众多让她活得威严。

亲生儿子六个，算上叔伯兄弟十人，

每个又生出一群，

到我这代已布满半村。

家家做好吃的都送来一碗，

而日子各过各，她早不再操那份心，

如一棵老树，在繁茂中坚忍。

而他我从未亲见。

想象中如爷爷和爹一般，

又矮又壮，暴烈隐忍，

不然儿子们不会这么听话。

可我又觉得他还有严肃的爷爷们

欠缺的快活精神。

买了村里第一辆自行车，

骑它在田头飞奔

冲过那些扬着牛鞭的乡亲。

作为兄弟中留守那个

他把家乡这支振兴。

一棵大树，开枝散叶成系谱图。

方圆几十里我们都被如此称呼：

老王家的孩子。

当她埋他旁边，盛大葬礼。

挽联上的太君、王府夫人，这奇特称谓

让我意识到真实的他们太久远。

他们合为一体，成同一株大树，

树杈上生出半透明的小人。

有时树冠间显出星空，

好像发达根系在地下探到的水脉和石子

被移到天上，

所有小人都陷入片刻安静

脸孔闪烁微茫。他们

在那空灵的世界吸收着古老的知识

以魄虑守护家族之树。

新根老根纠缠，

新叶颤巍巍打量春天。

3. 第一根钉

他打听到有一批处理椽子，

借了爷爷的二八车，

揣上攒了几年的钱奔了过去。

好几十里，

到时已是下午，一切顺利。

接下来才真正难题：

比预想的多，一百五十根。

费好大劲儿才把它们竖捆在后面。

颠颠簸簸乡村路上

两个车轮驮一座木头山。

不断离开车座，把全身压脚蹬子上。

艰难前行，奋力平衡。

不时停下来

把这庞然大物倚在柴垛，

加固那些不听话的棍子。

它们坠下去划出长痕，

卡在小坑，像要扎根。

刚走一半天全黑了。

完全骑不动了。

扶着车不敢放倒，怕再掬不起来。

最后还是让它倒向一边。

歪斜着，前轮翘起来

在月亮照着的野外

恶作剧般空转。他卷了支烟。

然后起身，整个全拆了。

（难以置信它们装在一辆车上

被载出这么远。）

一半搬进庄稼地，

剩下的重新捆到后座。

还是很沉，但已能前进。

到家已是半夜，摔床上就睡着了。

然后大清早，强把自己拎起来

去寻另一半。

第二天下午早早回来了。

竖立着旅行的椽子

平躺下来。在墙角，支支楞楞，

带着别人家熏出的砖褐色，

等着被砂纸打磨。

然后一根根排列在

新房高高架起的粗檩上。

他将爬到高处，作为男主人钉下

第一根钉子。

4.一日之晨

他睁眼，头上就生出屋顶，

起身，四面墙就落成。

舀子探入缸里，水就泛起涟漪，

风箱拉动，火就诞生。

走到西屋，就多出一房间，

推开木门，院子就显形。

水灌入井口，它就呼吸，

压下井把儿，就嘎吱嘎吱发声：

一日之计。

哗啦啦落入桶底：

在于晨。

拎起铁桶它就获方形，

捧出豆饼它就得靛青。

走过柿子树，它就通亮，

来到矮棚，牛就苏醒。

一口气喝干一桶，呼哧呼哧：

一日之计。

带刺的舌头刮净料底，唰唰唰：

在于晨。

撒出玉米，鸡窝喧闹，

踩上小房，兔子沸腾。

手起，瓠子就落下，

抬脚，狗睁眼睛。

大大咧咧，忙前忙后的一家之主

听她安排一天事务。

穿上水靴子，库呲库呲：

一日之计。

推车去浇地，嗒嗒嗒：

在于晨。

迈过大门，街道就延伸，

走到主马路，村庄就完整。

过大桥，河就奔流，

出村口，田野便向荣。

向前看火车轰隆隆驶过，

再一看，远山就高耸。

麻雀喧叫：一日之计，

斑鸠回应：在于晨。

5.地图

我一直想画幅地图。

古代欧洲常见那种，有房有河有树，

远有山，近处几个农夫。

有一天真这么做了：

找来一张大白纸，整整四开，

固定在儿子小黑板上。

连估摸带比划，然后用铅笔

在中心画出一个十字。

村子两条主街，

岔口原先叫大碾子，现是家超市。

路朝四边拉长，拐弯，

沿着它们，排排房子定位。

第一排，养猴和蟒蛇的小忍柱。

第二排，全村仅有的两进两出。

第三排，挨着露天电影场。

那些夏天，全村都聚在那。

五舅在木桩间挂上幕布，

二层砖楼小窗打开，一束光

照出一个新世界。

再往北，姥爷家那排，

西把边儿是头一个万元户。

爷爷家那排，唯一一棵核桃树。

四爷家那排，另一座碾子，五六队共用。

七爷家那排，三叔家小卖部。

五爷六爷那排，老井。

接着是我家那排。先勾出屋檐天线杆，

院子空着，最后再好好描绘：

樱桃、葡萄架、牛棚、大车、顶岗。

然后呢？继续用简陋长方形

把村子填补。条条小路横搭竖连，

四座池塘最好定位：

东坑，鱼和鸟的王国，

风云激荡的童年。

西坑，村小旁边，长满芦苇，

凶老头守着老桑树。

南坑，种满葵花，淹死过人。

中间——这是什么，爸爸？

也是个小池塘，在你太姥家房后，

黄昏，蜻蜓落满榆树柯。

可你画得像个鸭蛋。

是啊，像个鸭蛋。它们都枯了。

接着是北沟，那条闪光的河

现在也枯了。整天爬上跳下的大桥

只能用一对反置六角括号标注。

那三个桥洞，也是喜欢的去处，

桥墩有块青石板，刻满了陌生名字。

我在河里画上几条鱼。

爸，这鱼比桥还大。

是的，那时候鱼真的很大。

但不能比桥大吧。

我又画上了几块石板——小桥子。

它旁边澡坑，光腚的半大小子，

在沙底抠姜石狗。

往西过菱角丛，和东景佃的界垴。

而从大桥往北，是那条捅木耳的林荫路

后来砍光了。

把咱家那棵也砍回来吧。

于是爹就把它砍回来。

可树，不该留着遮荫吐氧气吗？

不砍就丢了。

再往北是京哈线，本村那三四里

捡瓶盖烟盒的漫游区。

绿皮车上的人也爱朝外望。

过道口是放牛的草坡。

长长一条坟地，老王家在最东。

再过去就是发黑的麦子地，

跟小顾佃子（卢龙）的界河——

上辈儿扔死孩子的地方，

童年世界的边缘。

从那回到正中，主路一直往西，

大田庄要标出来。

往南是东北庄，交界的砂轮厂，

捡铁砂做手枪的地方。

往东是沙子营，沙子营大桥，

有大蛤喇的贾河，

要不要标出来？九龙山应该标出来，

但那远远超出了范围。

村里还有那么多地方，

房西那口细井要不要标？

井底藏着黑头蛇。

那棵垂下"吊死鬼"，笔直如电线杆的榆树呢？

我曾为它骄傲，喜欢下地时

躺在下面听呼啦啦响。

还带伙伴去看它，多直！我们家的！

砍回来也成朽木一根。

稻田地，麦子地，六队试验田，黄瓜园子，

打谷场——但我怎么画出来？

比如，金灿灿稻田，日夜喷涌的水泵，

绿道儿青蛙和大蚂蟥……

这里，你看，上次掰棒子的地方。

是，我知道，可你偷甜瓜是哪？

这儿，有甜瓜，有梢瓜。

还有挖鼠洞的地方，淘鱼坑，

最高的甜粒秧，追啄木鸟的树行——

那时我整日闲逛，不知不觉

建立了完整的坐标系，

依循着它唤起了那么多回忆。

我随性所至，指指点点

这儿涂涂那儿抹抹，细细标注。

可画到一半我就放弃了，

因为我笨拙的笔，没办法将其一一绘出。

我知道那童年之地，

连同所有美好之物，在我离开时

便已失去。于是我更坚定于

另一项更持久的劳动：

用文字，把那些事物一件件重唤出来——

以此来重构那个世界。

它长存内心，抵御着毁灭。

在那之前，阳光仍将眷顾园篱上牵牛花，

和蚂蚁行进的队列。

2018

后记

　　上次正式出诗集已过去了八年。四本小册子《白色的诞生》（2017）、《另一侧是阴影》（2018）、《雪人的冬天》（2021）、《世界的创立》（2022）先后编印出来，在少数友伴间分享。算一段较为专注，但摸索领悟中含混可能还大于确定的时期。年龄心境的变化，让我对找到更多读者丧失热情。有机会出这个选集，对我更大的意义，可能是趁此做个总结吧。哪怕只是浮泛回顾，也能立即确定这些诗正是生命与虚无的交锋，是和死扳手腕不自量力的顽固。我先是惊讶于乍看之下它们竟如此陌生，就像时间激流中，"存在"的某些时刻被语言炼成了冷硬的鹅卵石，出人意料地具有了从生命感觉脱离出去的物理属性。随即又惊异它们竟真的保存了那些瞬间！藏于石子内部超日常的热烈，确曾给了我实在的无可替代的安慰，让我更好地理解这个世界，明白应该怎样生活。我不能确定它们对太多人有效，只能在意对我是否切身。这本选集就是其中自觉更真诚的约半数篇目。

《白色的诞生》（2017）和《世界的创立》（2022），是对家乡和童年的不断回返，与早年《世界上的小田庄》（2012）算一个小三部曲。一直是那个村子，那个独有的完整的世界，甚至可能比现今我面对的世界更大一些。对这个小乐园的爱，让我目睹时代中痛苦的变迁，仍能达成内心的和解。而栖存其中的童年自我，则是真正的精神泉源，懵懂中孕育着神秘本真。这二者，如今都只在记忆留存。当然也正在那里湮灭。所以，当我借助无名的野花和鸟儿，农事和风物，重构这个世界时，我有机会说出想说的一切。关于爱、死亡、存在，悲剧与欢歌……这两本小诗集，有较明确的诗集意识，使它们各自在整体上有所抱负。新的形式用心大概带来了一些新发现，而能力恐慌必然伴随遗憾。想到这两年恐怖的记忆衰退，我庆幸在更愚笨的时候对它们投注了那些精力。若非如此，那明媚的生命记忆在某一天全都逝去，一滴不剩，而意识犹存，该是何等惊惧！

《另一侧是阴影》（2018）处在美学探索中，有所得也惜其孱弱。没想到现在看来，里面最吸引我的是纯真。就像看着另外一个非常年轻的我，对自然、爱情有着发自内心的热情。我多怀念那种热情——哪怕它稚拙的爱一般包含了许多不成熟不刚强，但其美好不正映衬此刻的尴尬？我在这些诗的不足中意识到了诗歌所谓的困境并不真实。只要人存在，诗就是一种必须。它可能承担了比看起来重要得多的使命。关键全在写出怎样的作品。如果能紧抓住芜杂表象下那些最实质性的问题，克服漫长的入门期之后，一道道更需要专注和耐心的门槛，哪还有时间忧虑！艺术的处境就像感伤的正义，终归指向刚强的至善。而这些诗热烈的缺陷，恰好也证明了通往真实之路的确存在，而诗所能承载没有止境。普鲁斯特之后小说在漫长的下坡路上卸下的使命，那种宏阔的精神构建和哲学之思，或许真要由诗来承担呢。现代诗在怀疑和肯定中彰显着渴望，但并未发挥全部潜能。它也有冷漠处境中更多自洽——会有某些心灵孕育着这样的爆发力吗？

《雪人的冬天》（2021）坚定了一些。一些更现实更切身的问题，比从前更有力地压迫我。艺术和生活的关系，现实处境中诗人的责任，时代中的恶……道德痛苦无法靠隐逸纾解，以赛亚·柏林谈别林斯基时早已说过。其中几首较长的诗，大概是对这些心问的自解。诗集同题诗，雪人在冬天的境遇，无非是敏感脆弱的心灵在严酷时代的缩影。它一方面被现实所折磨，一方面又欲以本真亲近这美好的世界。寒冷令其成形，而心灵的火苗又会使其融化。我们何尝不是在各种撕裂纠结中身心俱疲。也许在强大的恶面前，个体抗争微不足道，但正如雪人化成一树梨花，艺术终将潜移默化地滋养人类，发扬生命真义，不是吗？我也问，对诗人来说，这够吗？不知道。人无法彻底摆脱时代，也没法彻底战胜时间。就那么放任着每天的小坟头长草，我们对自己的生命总是缺乏严肃。个体虚无可能是比时代处境更令人绝望的深渊。但好在，于《追忆似水年华》这样的书中，《逆流而上》和《给永苹的信》的自我磨砺中，我找到了对艺术的绝对信任和继续写下去的力量。是的，在某些时刻我迈进了真实的意义世界。诗歌本质上不就是这样的认识之路吗？一个个凝固着感情被诗保存下来的时间球体，对生命来说正是得以循迹溯源也能指示未来的意义链条。

我们所爱，所恼怒，我们的空虚和振奋，困惑和相信……诗就是这些。还有最有意义的生命意识，抒情、自省中试图超出小我的片刻，那艺术本身的焕发和飞跃，是我日益加深的悲观中仅有的希望。所以这些诗在这里，作为曾经微不足道的努力，对我仍然珍贵，因为它们构成了我如今世界观的起点。

但这些所谓最好的时刻，都过去时态了。八年，如同一个长长的梦境，就这样流逝了，醒来大吃一惊。这个梦和真实生活的断裂如此强烈，完全无法衔接，以致错觉它们不如当下一天坚实。这两年来精神上遭遇困难，如同断崖，多年来信赖的皆在重新盘整。可怕的不是数月没写诗的糟糕，而是对诗失去了感觉和冲动的麻木。挣扎之中，尝试着写一本想了挺久的书，《普鲁斯特和生命问题》，多少还是有点把它当作了一首枯燥的长诗。偶然得来的一点蜜太甜了。苦舌头或可陶醉片刻，回过神来，依然是混沌大于明澈。

而即便乱糟糟的此刻也注定会消逝。随时间推移，惶惑毫无疑问压倒了过去那些小小的满足。我内心想写的，是稍稍感受到一丝气息但还远未得窥的野兽那般全新却毫无着落的东西。之前这些诗构成的个人写作小历史，延续的愿望完全被新的诱惑踩在了脚下，哪怕是条断头路也回不了头。我甚至觉察到，真实的历史也正如此，在愿景和无理性中向前莽撞。普鲁斯特说的完全对，只有文学，重新发现、阐明并充分体验的生活，才是真正的生活。我自然相信，写作本身是意义的终极体现，是不确定的生命中最值得付出的事，也是难比登天的事。更何况对意义的信赖，终归只是一个起点。不是信仰，而是创造才能帮助生命在悲剧那点崇高性中，实现对时间的逆反。不管怎样决心把最好的人生献给它，那内心感受到却无法写出来的依旧让人自觉渺小，它冷眼技艺不足和学习蹉跎，是真正逼人时时反省的严师。不到顶级即是失败的冷酷和内心微弱的写作冲动之矛盾，可能正是其魅力所在吧。毕竟我们还是想搞明白，生命到底能实践到哪一步。想往前走，打开更多未知。这大概会支撑着我把内心疑问继续深究下去——已确信的东西不值得再写出来。缘于这微小的信念，而不是这些零散之作，我才感到极大的骄傲，能和巨文、王强、杨震、国辰这些诗歌伙伴共同出这套诗集。大家彼此间的砥砺振奋和互相温暖，早就构成了命里不可或缺的一份天赐。小龙是我极敬佩的出版人，他所做有目共睹。至于这些伙伴共同的老师和朋友，我心中当代最不可忽视的诗人，雷武铃，我只想说：谢谢你，让我只因遇见你便对这一生感到满足。

爱即时间，没有爱的生命是永久的虚无。

2023 年 9 月，北京

图书在版编目（CIP）数据

雪人的冬天：诗选 2016—2022 / 雷武铃主编；王志军著 . — 南宁：广西人民出版社，2024.5

（大雅诗丛）

ISBN 978-7-219-11743-9

Ⅰ. ①雪… Ⅱ. ①雷… ②王… Ⅲ. ①诗集—中国—当代 Ⅳ.① I227

中国国家版本馆 CIP 数据核字（2024）第 062422 号

策　　划　白竹林

执行策划　吴小龙

责任编辑　李雨阳

责任校对　梁小琪

装帧设计　苏　玥

出版发行　广西人民出版社

社　　址　广西南宁市桂春路 6 号

邮　　编　530021

印　　刷　广西民族印刷包装集团有限公司

开　　本　787mm×1092mm　1 / 32

印　　张　9.75

字　　数　169 千字

版　　次　2024 年 5 月　第 1 版

印　　次　2024 年 5 月　第 1 次印刷

书　　号　ISBN 978-7-219-11743-9

定　　价　58.00 元